奧地利作家刻寫無家與流浪心境代表作

約伯與飲者傳說

約瑟夫・羅特——著

宋淑明——譯

Joseph Roth

Hiob &
Die Legende vom
heiligen Trinker

作家、媒體推薦

娜汀．葛蒂瑪（Nadine Gordimer，一九九一年諾貝爾文學獎得主）曾推崇羅特的作品：「他的文學造詣已達巔峰」！

「羅特生活在一個特殊的時空中。是一九八四年生於奧匈帝國邊陲的猶太人，歐戰爆發之際，負笈維也納，還領略過神聖羅馬帝國往昔光榮。一九一六年，羅特加入軍隊，接受軍事訓練時，參與法蘭茲皇帝的送葬隊伍，彷彿感受帝國即將傾頹。戰後，羅特擔任記者，在維也納與柏林之間生活，見證了一九三〇年代的混亂。德意志境內的猶太公民成了喪家之犬，這也是他第一本小說《約伯》的動機，回歸《舊約．約伯記》的最大疑問：『為什麼虔信的人要受苦？』一九三三年，希特勒掌權之際，羅特流亡巴黎。最後窮病交侵，一九三九年客死異鄉。《飲者傳說》彷彿就在訴說他一生的失落。」

——周惠民（政治大學歷史系教授）

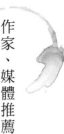

「第一次讀 Joseph Roth，是在德國讀書時專題報告選擇的主題，一讀便很著迷。他的小說語言生動，沒有複雜的句子，節奏感強烈，讀來彷彿親臨故事現場。這部中篇《飲者傳說》也是，宗教感強烈，但我覺得也很像一部公路電影，主角一站接一站走下去，遇到一個又一個不同的人，人生有難以實現的更大的目標，有結不清反而虧欠更多的債務，有看似自由選擇，卻始終無法脫身的困境。失敗、脆弱、救贖、自由、罪責、宿命，這是 Andreas 的故事，是 Roth 的故事，其實也是我們大部分人的故事。」

——蔡慶樺（作家）

「《飲者傳說》是個讓人欲罷不能，非一口氣看完不可的故事。故事主角在窮困潦倒之際，有人伸出援手，給予他改變人生的第二次機會。當他下決心改頭換面，也如奇蹟般地接二連三遇到好事，讓駐足不前的命運之輪再度向前推進，但無法戒除的飲酒習慣卻成為最大的變數。身為二戰期間被迫害的奧地利猶太作家，Roth 將他臨終前的流亡生活和酗酒習性寫入小說情節，這故事是他的自我嘲諷，抑或被他視為是神給他的最後試煉？他該戰勝的是命運，還是他的個性，抑或是人性？」

——鄭慧君（淡江大學德文系助理教授）

「《約伯》不只是一部小說、一部傳奇，而是純淨、完美的敘事文學，注定比我們同時代人的創造和書寫要流傳得更長久。」

——史蒂芬．茨威格（Stefan Zweig）

「他書寫當代小說，丑角無賴的故事，以及《約伯》（*Hiob*）和《拉德茲基進行曲》（*Radetzkymarsch*）這兩部成就二十世紀最重要德語散文體之作。他是天分獨具的敘事人、偉大的諷刺家、反諷地指稱世界的人（……）」

——《猶太日報》（*Jüdische Allgemeine*）

「約瑟夫．羅特的這部《飲者傳說》，讀來像「與自己的命運和解」。

——麥可．法蘭克（Michaell Frank）於《南德日報》（*Süddeutsche Zeitung*）

目次

推薦序

流浪的命運與反思

鄭芳雄

作者羅特（Joseph Roth, 1894-1939）是著名寫實派作家，出身於窮困的猶太單親家庭，一生從未見過父親，靠母親扶養，靠母舅資助念到大學。他屬於奧匈帝國邊疆加利西亞省的東猶太族，四周住的都是波蘭、俄國人。因從小母語是意第緒語（Jiddisch，混有希伯來語的德語），故心向西歐德語世界。儘管羅特早年就擺脫家鄉隔都（Ghetto），撰寫小說仍然習慣回到東猶太人的社會情境和日常生活，甚至在《約伯》（*Hiob: Roman eines einfachen Mannes*）小說敘述中還摻雜意第緒語。這與其說是尋根，不如說是重現他成長的心路歷程。

一戰期間，作者當了兩年兵，自稱曾經被關在俄國俘虜營，卻始終效忠奧匈帝國，然而他年輕時就意識到帝國的災難，一心嚮往西方德、法的現代化。戰後他到德國當記者，以撰寫副刊文學出名，同時展開小說創作之路。他在處女作自述：「我上午十點抵達薩佛耶旅館……我父母親是俄國猶太人。我想先賺些錢，以便繼續往西方前進。我剛從待了三年的俘虜營回來，住過西伯利亞營區，走遍俄國的城市和村莊。」（《薩佛耶旅館》，*Hotel Savoy*, 1924）。

這個自畫像可說是長篇小說《約伯》（*Hiob*, 1930）與中篇《飲者傳說》（*Die Legende vom heiligen Trinker*, 1939，直譯：神聖飲者的傳說）的雛形。「俄國的猶太人」指的是作者的母系親戚，也是小說中窮教師辛格家庭的出身。而旅館也是這兩篇故事經常出現的場景。有錢時住在旅館睡女人，沒錢時睡在河橋下蓋報紙，都是酒徒、流浪漢容身之處，也是作者實地採訪靠報紙維生的自喻和諧仿。《約伯》裡出現「梅努因之歌」奇蹟之後，父子重逢地點也是旅館，以豪華旅館象徵流浪的終點、融入西方文明的圓滿結局。

兩篇故事都表達猶太人無家無根的共相。這主題作者在其著名的論文《流浪的猶太人》（*Juden auf der Wanderschaft*, 1927）已闡述過，描述一戰後東猶太（慣稱 Ostjuden，指 Holocaust「納粹大屠殺」之前居住在東歐、波蘭、俄國尤其烏克蘭西部及奧匈帝國境內的猶太人，屬猶太正統教義派，有別於散居西歐及其他地區的西猶太人）族群被迫逃往西方的史實，也是他作為報社記者（餬口飯碗）實地採訪研究所得：「當一個東猶太人比登天還難」，說明猶太人到處不受歡迎、無家可歸的處境，亦是他本人感同身受的災難。隔兩年，作者把這猶太人的災難塑造成約伯的命運。

《約伯》中，小說主角辛格是一個「十分平凡（gewöhnlich）的猶太人」，「家裡只有一個寬敞的廚房，他簡單的工作是教小孩認識《聖經》。」作者開卷就一再強調主角的平庸、窮酸和不起眼，故稱「平凡人的小說」：所描述的不是一個偉大的約伯的命運，而是成千上萬在時空背景下受苦受難的猶太人的命運。

窮教師辛格固然和約伯（Hiob）同樣「正直、虔誠、敬畏上帝」，但只教小孩讀《聖經》的工作收入低微，家境窮困，妻小也受苦。然而他一直逃避現實不去面對貧窮的禍根，一味按照猶太教宿命論的舊思維自問自責「我到底犯了什麼罪，上帝為何如此懲罰我？」其中也隱含作者對自己和族人的反思與諷刺。

同樣不理性的行為，反映在父母之看待么兒梅努因的癲癇症，認為那是家門之恥、上帝的懲罰。以致明明可以醫治的病，不帶他去求醫，竟然只相信拉比的預言。而當辛格終於有機會到美國依親、投靠逃兵移民的次子時，卻把這個命名為梅努因（Menuchim，直譯指「安慰者」）的么兒，拋在他視為「傷心之地」（trauriges Land）的俄國。不幸，懦弱又現實的辛格抵達美國——當時許多猶太人所嚮往的「許諾之地」（Gelobtes Land）後，卻遭遇更大的災難：兒子戰死（在美國參戰）、妻子亡故、女兒發瘋。

面對命運的打擊，辛格開始詛咒上帝，此時一個大音樂家突然出現，自稱是梅努因，也是小時生病被遺棄在俄國的兒子，前來尋找父親。父子重逢之前，作者還安排一個生動的場景：描述辛格聽到留聲機裡的梅努因之歌，感到一股心靈淨化之流穿透全身，而萌生生命的希望。作者明顯表達音樂藝術的救贖力量超越宗教信仰，並且啟示，拯救這個猶太父親的不是神，而是他病裡逃生、在非猶太社會長大的「不平凡的」兒子，他擁有新世界的精神力量。至於他是否用來影射二十世紀猶太天才小提琴家 Menuhin，不得而知。然而從作者的身世來看，梅努因的角色設定也多少含有作者自喻成分，從小未見過父親的他，尋父尋根、但願重逢與團圓，亦成為小說家的幻想。

《約伯》是一部「罕見的東猶太人生活記錄」（伯爾 Heinrich Böll 的評語），作者也因這部鉅著而成名，並受到後世高度的評價。他在短暫的一生中，創作、著述量可謂相當豐富，也著墨不少奧匈帝國的歷史，影射自身與人類命運。然而最能代表他的小說書寫風格，並表達自身悲劇性的猶太作家身世者，除《約伯》外，便是他最後一篇作品《飲者傳說》。後者故事雖短，然情節曲折生動，耐人尋味，構成中篇小說（Novelle）的特色（情節緊湊而富有戲劇性，通常故事達到高潮即收尾，餘韻繞樑），堪稱文學傑作。

作者追憶漂泊於巴黎異鄉的窮困生活，加上酗酒成性的無奈，構成《飲者傳說》的反諷題材。稱故事主角 Andreas 為「飲者」（酒徒），不過是簡稱，取自原文標題「神聖飲者」（Der heilige Trinker）。作品短而精彩，讓人讀來像是一篇「酒徒成道記」，描寫漂泊的猶太人皈依天主教的過程，或可視為他擺脫罪惡的現實生活、只想追求心靈安放解脫的心願，故羅特生前就將這部他死後才發表的作品稱為「遺言」（Testament）。堪比詩人、作曲家臨終前的「天鵝之歌」（Schwanengesang）。從紳士借錢給他，要他還錢給聖女小德蘭開始，他便一直徘徊在酒店與教堂、罪惡與懺悔之間，經過德蘭的託夢及最後肉身顯現，被抬入教堂的酒徒終於喊出「德蘭」，並禱告「願上帝給予我們酒徒（苦難眾生）安息善終」才斷氣，肉身雖死，靈魂卻因信仰而得救。表達宗教信仰的最後歸屬與認同，如羅特所說：身為猶太人，他自覺也是「天主教人」（katholischer Mensch）。

本書收錄的這兩篇著名代表作，就其整體書寫內涵而言，《飲者傳說》是作者漂泊生涯的自述和自我個性的影射，《約伯》則描述猶太人如何擺脫猶太文化的陰暗面，及嚮往陽光世界的努力掙扎過程。而今讀來更可發現，作者不只批評當年時空背景下的猶太人乃至人類的罪惡：軟弱的個性和缺乏改變命運的行動能力，同時更啟示：只有受苦、承受命運的打擊，才能達到快樂和精神的解脫。

（本文作者為台大外文系退休教授）

飲者傳說

01

一九三四年一個春天的傍晚，一位上了年紀的男子步下塞納河畔，從此岸連結到彼岸許多橋之中一座的石階。雖然世上沒有人不知道，但在此還是借機喚醒一下人們的記憶，橋下是巴黎無家可歸的人通常會去過夜的地方。然而比起過夜，更加貼切的形容是：堆放。

在這些流浪漢中有一人，偶然間與一位衣著考究、看來像旅人，彷彿正在細細品味陌生城市景觀的先生打了照面。乍看之下，這個流浪漢和其他與他命運相仿的人都一樣，衣衫襤褸，非常可憐，但卻贏得這位紳士的注意；原因是什麼，我們不得而知。

如前所述，此刻已是黃昏。比起碼頭上和橋上而言，在河邊的橋下，天色暗下來的速度可快得多。這個無家可歸、潦倒不堪的男人走路有些搖搖晃晃，他應該根本沒有注意到這個衣冠楚楚的紳士。可是，這個走路不但不搖晃，而且所邁出的每一步都筆直、充滿自信的先生，從大老遠就已經看到步伐不穩的他。年紀有點老邁的先生逕自擋住衣飾窘困的他，兩個人面對面站住停下。

「您要去哪兒，兄弟？」年紀較大、衣著講究的紳士問道。
另一個人看了他一會兒才回答：「原來我還有兄弟啊。我不知道眼前的路會把我帶到哪兒去。」
「那我幫你指路吧！」紳士說。「但是請別動怒，我必須請您幫我一個不尋常的忙。」
「赴湯蹈火都可以。」潦倒的先生回答。
「雖然我看到您生活上有一些瑕疵，但是上帝將您送到我的道路上。我直說您別生氣，您需要的是錢！剛好我的錢太多，您能誠實的告訴我，您需要多少錢？多少才可以救您眼下的急？」
他想了幾秒，然後說：「二十法郎。」
「這也太少了吧！」紳士回答。「一看就知道您至少需要兩百。」
流浪漢嚇得退了一步，他看起來像要跌倒的樣子，但還是努力站穩了，儘管有些搖晃。然後他說：「兩百法郎對我來說當然比二十好，但我是一個誠信的人。您似乎誤會了，您要給我的錢，我不能拿，而我不能拿這個錢的理由是：第一，我到今天之前還沒有這個榮幸能夠認識您；第二，我不知道如何以及何時能夠把錢歸還給您；第三，也因為您沒有督促我還錢的可能性，我並沒有住址。我幾乎每天都在河邊這些橋中的某一座橋下過夜。而且之前也已經強調，雖然沒有住址，我也是一個誠信的男子漢。」

「即便是我也沒有住址。」紳士回答，「即使是我，也每天住在這些橋中的某座橋下。然而我還是請求您高高興興地收下這兩百法郎——只是可笑的小數目，尤其對一個像您這樣的男人來說。至於歸還這件事，我必須繼續說明，您才會清楚我為什麼不指定一家銀行，讓您去還錢。其實我最近成為一個基督徒，契機是讀了聖女小德蘭（kleine heilige Therese von Lisieux）的故事。現在我尤其尊崇那座巴蒂紐爾聖母教堂（Ste Marie des Batignolles[1]）裡的聖女雕像，這座雕像您很容易便可以見到。當您有了兩百法郎這筆不足掛齒的小錢，而您的良知又催促您不要繼續欠著這可笑的債務，那麼請您移駕到巴蒂紐爾聖母教堂，將錢交到剛剛主持完彌撒的神父手中。如果真要說您欠誰錢的話，欠的是聖女小德蘭的。請別忘了：在巴蒂紐爾聖母教堂裡。」

「我看得出，」這位被遺棄者說：「您完全理解我這個人和我的信念。君子一言，您可以相信我。然而，我只有在週日才會去做彌撒。」

「那就某個週日。」這位年邁的紳士說。他從皮夾裡抽出兩百法郎，交到站得不太

1 位於巴黎第十七區的天主教教區教堂。（以下皆譯注）

穩的流浪漢手上，說：「非常感謝您！」

「這是我的榮幸。」他回答後，隨即消失在深沉的黑暗之中。

橋下不覺間早已昏暗，而在橋之上——座落在橋上與碼頭上的銀色華燈初燃，宣告巴黎的夜生活開始。

02

那位身著華服的紳士也同樣地消失於黑暗之中。信教悔改的奇蹟的確降臨在他身上，他決心過著最窮困的人的生活，所以他也在這些橋下住著。

至於另外那個人的遭遇，他是個愛喝酒的飲者，完全可以稱之為酒鬼。他叫做安德列雅斯。和其他的酒鬼一樣，他過著有一天算一天的日子。距離他上次擁有兩百法郎，已經有一段時間了。也許正因為如此，就著橋下稀有的一盞銀色路燈、可憐的光線下，他掏出一張紙、一支鈍筆，寫下聖女小德蘭的地址和兩百法郎的數字，也就是從現在開始他所欠下的債款。他走上從塞納河岸通往碼頭的階梯，在碼頭那邊，他知道一家餐館。他走進去，吃飯，喝相當多的酒。他花了很多錢，還外帶一整瓶酒，為了在橋下的夜裡有酒喝，這也是他向來的習慣。是的，他甚至從垃圾桶裡撈出報紙，但不是為了閱讀，而是要蓋在身上作為取暖用。報紙有溫度，所有無家可歸的人都知道。

03

隔天早晨，安德列雅斯比習慣的時間早起，因為他難得睡了一個好覺。他想了好久，才記起昨天他經歷了一個奇蹟，一個奇蹟！而在溫暖的昨夜，蓋著報紙入睡的他，又睡了好久以來不曾有的好覺，他決定去洗澡。自從季節替換到一年最冷的時候以來，他已經好幾個月沒有洗澡了。脫下衣服之前，他再次去撫摸上衣內側的口袋，根據記

約伯與飲者傳説

憶，剩下的可觸摸的奇蹟就在那裡。他想在塞納河邊的斜坡找一個偏遠處，至少洗洗臉和脖子。但是他感覺似乎到處都是人，像他一樣的可憐人（破敗不堪，突然間他在心裡這般稱呼這些人），他們都能看著他，所以最終他放棄了這個想法，只將手浸入水裡。然後他重新穿上外套，再摸一下左邊內袋裡的鈔票，感覺自己完全地淨化了，而且煥然一新。他要開始這一日，許多日子裡的一日，不記得已經過去多久了，但是一直以來就是這樣過的一天。他決定今天也是到習慣會去的卡特爾俸街（Rue des Quatre Vents），俄式亞美尼亞（russisch-armenisch）風格的餐館達里巴利（Tari-Bari）就在這條街上。他將每天偶然得到的一點錢投資在這裡的廉價飲料上。

經過第一個書報攤時，路過的他獨自停下腳步，受到週刊畫報上的圖案所吸引，而好奇心也突然來襲，讓他不禁想知道，今日是何日，什麼日期，哪些名字是這一天的新聞。所以他買了一份報紙，然後看到今天是星期四。他驀然想起自己是在一個星期四出生的，他不看報上幾月幾日，決定將這個週四視為他的生日。因為他心中早就充滿這份孩子氣的喜悅，所以他一刻也不遲疑，就向一個更好的，不，是更高貴的方案投降。他不去達里巴利了，拿著報紙，他改去一家比較好的餐酒館喝咖啡，當然咖啡可要澆進蘭姆酒，還要吃塗了奶油的麵包。

雖然衣衫襤褸，但他充滿自信地踏進一家有錢人會去的餐酒館，在一張餐桌旁坐下。他啊，這個這麼長時間以來習慣站在吧台邊，哦不，只是靠在吧台邊的人，此時坐下來了。而他的座位對面放置了一面鏡子，無可逃避地，他只能審視自己的臉。這於他而言，好像重新認識自己一般。他吃了一驚，同時也明白了，這些年來自己為何這麼懼怕鏡子。眼見自己的破敗不是好受的事，然而只要不必親眼看見，要不就像完全沒有面容，要不就仍然是在生活破敗之前那時的舊面容而已。

但他現在嚇壞了，如前所述，尤其在他把自己跟坐在鄰近處那些體面的男人互相比較之後。八天前他才剛修過臉，不管是好是壞，他盡力了。幫他刮鬍子的，和他一樣同是天涯淪落人，這個人替大家修鬍子，賺點微薄的小錢。但是現在既然下定決心開始新生活，那就要徹底的修個臉。他決定去正規的理髮店，不要再點東西了。

坐而思不如起而行，他踏進一家理髮店。

當他重新回到餐館的時候，原來坐的位置已經被占了，他只能遠遠地看著鏡子。但是只要他辨認得出自己的改變，知道自己變年輕、俊秀了，這樣也非常足夠了。是的，他看起來好像從臉上有光芒散發出來，而容光煥發讓他襤褸的衣衫、撕裂的襯衫前襟，以及環繞著領子紅白條紋邊緣、已經脫線的領帶，都微不足道了。

就這樣他坐了下來，我們的安德列雅斯意識到自己的新氣象，他用以前曾經擁有、現在好像熟識的老朋友般，又重新回到喉頭的自信聲音，點了「咖啡，加蘭姆酒！」當然咖啡送來了，正如他認為的那樣，他得到服務生面對尊貴的客人時會表現出的尊重。這讓我們的安德列雅斯格外地受寵若驚，覺得自己的身分被抬高之外，並且證實了今天是他生日的假設。

一個坐在流浪漢附近的先生觀察了他一段時間後，靠過來說：「您想賺錢嗎？您可以為我工作。我明天要搬家，您可以幫我太太，還有幫忙扛家具的工人。我看您很壯實，搬東西應該沒有問題吧？您願意嗎？」

「我當然很願意。」安德列雅斯回答。

「那酬勞您要多少？」這個先生問，「兩天的工作，明天和週六？我的房子相當大，這您得先知道，而且我要搬進去的房子更大。家具很多，但是我自己有生意要忙。」

「沒問題，請雇用我吧！」這位流浪漢說。

「您喝酒嗎？」這位先生問。

然後他點了兩杯綠茴香酒，他們碰杯，這位先生和安德列雅斯兩人對飲。接著他們也講好價錢：一共兩百法郎。

「您想再喝一杯嗎？」這位先生喝完第一杯酒之後問。
「但是請讓我付酒錢。」流浪漢安德列雅斯說。「您雖然不認識我，可是我是一個誠信的人，誠信的工人。請看我的雙手！」他伸出手來，「這是一雙骯髒、滿布老繭的手，但這是誠實的工人的手。」
「這樣正合我意！」這位先生說。他的眼睛發亮、雙頰粉紅色，黑色小鬍剛好在臉的正中央。整體來說，他是一個相當友善的人，安德列雅斯很喜歡他。
他們便一起喝起來，然後安德列雅斯付了這兩輪的酒錢。當這個有一張娃娃臉的先生起身時，安德列雅斯這才看到，原來他很胖。他從皮夾拿出名片，寫下地址。從同一個皮夾裡，他還拿出一張一百法郎的鈔票，遞給安德列雅斯，說：「這樣您明天就一定得要來了！明天早上八點！請別忘了！餘款會再給您。工作完成之後，我們再一起喝餐前酒。再見，親愛的朋友！」就這樣，這位身材微胖，有著孩童般面容的男士，也沒什麼令安德列雅斯更驚訝的，他也把地址從拿錢的同一個口袋裡拿了出來。
現在他不只有了錢，還有更多能賺錢的前景，他決定，自己也同樣要擁有一個皮夾。因此他去尋找一家皮飾品店。在路上經過的第一家店裡，站著一個年輕的女店員。在他眼中這女子看來是如此迷人，一如她站在櫃檯後的模樣，她穿著線條嚴肅的黑色洋裝，胸前掛著白色小領巾，一頭捲髮，右手腕上戴著沉甸甸的金鐲子。他在她面前脫下帽子並拿在胸前，用輕快的聲音說：「我想找一個皮夾。」女孩飛快地看了一眼他陳舊的衣著，但並非懷有惡意，只是想簡單地衡量一下顧客的狀況，因為在她的店裡有昂貴的、不那麼昂貴的，以及非常便宜的皮夾。為了避免問不必要的問題，她登上梯子，從最高的那一層拿下來一個箱子。箱子裡裝的，是一些客人拿來更換的皮夾。這時候安德列雅斯看見女孩有一雙非常漂亮的腿和秀氣的腳。他記起自己幾乎忘懷的時光，在那段日子也曾經愛撫過這樣的小腿和親吻過這般的腳。但是那些臉孔他已經想不起來，那些女人的臉；然而只有一張臉是例外的，為了這張臉，他還進了監獄。

這個時候女孩從梯子上下來，把箱子打開，他看都沒看，就從中選出一個，最上面的那一個。他付錢，重新戴上帽子，對女孩微笑，女孩也回報他一個微笑。他心不在焉地把皮夾插進口袋，錢卻留在外面。皮夾突然失去任何意義，現在他滿腦子想的是梯子、是腿、是女孩的腳。接著他因此走向蒙馬特，想去找那些他曾經尋歡作樂的店。不負他的期望，在一個陡狹的小巷裡，他果然找到有女人陪侍的小酒館。他在一張已經坐著許多人的桌邊坐下，給大家付了一輪酒錢，選了其中一個女孩，而且還是坐在他身邊的那個。然後，他便跟著女孩離開。雖然那時才下午，他卻一直睡到天濛濛亮——當然

2021 正

這是因為店主心腸好，他才沒有被驅趕。

隔天早上，也就是星期五，他到胖先生那裡去上工。那邊的工作主要是幫助一位主婦打包。搬家工人已經完成他們的工作，留給安德列雅斯要做的事儘管沒有那麼粗重，但也夠困難。隨著一天的時間過去，感覺到肌肉裡的力量漸漸恢復，他很高興能夠工作。因為他是在勞動中長大的，是一個煤炭工人，如同他的父親，還有些許農夫的身分，如同他的祖父。但他若沒有讓這位女士緊張就好了，也許她就不會那麼歇斯底里，總是給他無意義的指令，一口氣都不換地命令他這個那個，令他昏頭轉向，不再知道東南西北。只是他也理解她的六神無主。這麼突然、毫無準備下要搬家，對她來說也不容易，而且她對新家可能有恐懼感。大衣、帽子、手套、手提袋和雨傘，她全副武裝站在那裡，雖然她應該知道，她還會在這個房子裡度過這一天、一夜，甚至明天一整天都還必須待在這裡。她過不了多久，就要擦一次口紅，安德列雅斯也完全理解，她是一位女士嘛。安德列雅斯整天忙個不停，當他終於做完時，這位太太對他說：「請您明天準時到，早上七點。」她從手提袋裡拿出小包包，裡面有很多銀幣。她搜尋好一會兒，捏住一個十法郎，但是沒有拿出來，因為她決定，拿出一個五法郎的。「這個給您喝點小酒！」她說。「但是，」她補充，「別喝過頭，明天請您準時到！」

安德列雅斯謝過她後便離開，他花了這筆酒錢，但沒有再多喝。這天晚上他在一家小旅舍過夜。

早晨六點，一如每個早晨，他被旅舍喚醒。接著他神清氣爽地上工。

04

隔天早晨，他就這麼抵達現場，甚至比搬家具的工人更早到。也和前一天一樣，婦人已經站在那裡，衣帽俱全，還加手套，好像她根本沒有躺上床睡覺一樣。女士友善地對他說：「我一看就知道，您遵從了我的建議，真的沒有把所有的錢喝光。」

安德列雅斯開始工作。他還陪著女士到新家去，那棟她要搬進去的新房子，並和她一起等待，等那位友善的、胖身材的先生回來，付給他之前說好的工錢。

「我再請您喝一杯，」胖先生說，「走吧！」

但是太太阻止了，她站到兩人中間，剛好擋住先生的去路，說：「我們馬上要吃飯了！」所以安德列雅斯便一個人上路。這天晚上他一個人獨自喝酒，獨自吃飯，接著還去了兩家小酒館，靠著吧台繼續喝。他喝很多，但是他沒有把自己灌醉，他留意著不能花太多錢，因為他想到明天就要履行諾言，去巴蒂紐爾聖母教堂，至少先歸還聖女小德蘭一部分債款。但是他仍喝多了，眼睛根本睜不開，也無法以平時因貧窮才有的直覺，去找到在那個地區最便宜的旅館。

於是他去了一家稍微貴一點的旅店，這裡他一樣也要先付款，畢竟他的衣衫破舊，而且沒有行李。對此他完全不介意，也睡得很安穩，一直睡到隔天日上三竿。然後當他被鄰近一座教堂雷鳴一般的鐘聲吵醒，馬上警覺到，今天有多重要：今天是星期天，他必須到聖女小德蘭那裡去還錢。他飛快地鑽進衣服套上，移動腳步到教堂所在的廣場去。但是他還是沒有趕上十點那一場彌撒，從教堂裡出來的人潮，和他撞個正著。他問，下一場彌撒什麼時候開始。被問的人告訴他，中午十二點舉行。就這麼站在教堂的大門前，讓他有點不知所措。他還有一個鐘頭的時間，這一個小時他可不想在街頭度過。他環顧四周，尋找可以等待的地方。看到教堂右邊斜對面有一家餐酒館，便往那邊走去，決定就在裡面度過剩下的這一個鐘頭。

帶著某種口袋裡有錢的自信，他點了綠茴香酒。同樣地，他帶著這輩子已經喝過很多酒的自信，喝下他的酒。他續了第二杯、第三杯，並且杯裡兌入愈來愈少的水。當第四杯酒送來的時候，他已經不知道他到底喝了兩杯、五杯還是六杯了。他也完全不記得，為什麼他人在這個酒館裡，為什麼跑到這個地區來。他只知道在這裡，他有一個責任，一個光榮的義務必須履行。他付了錢、起身，邁步向門外走去，幸好步伐還是穩的。一出門他看見斜對面的小教堂，馬上重新想起來他身在哪裡，以及為什麼在這裡的原因。正當他轉向朝教堂走去的時候，突然聽到有人喊他的名字。「安德列雅斯！」一個聲音說，一個女人的聲音。這個女人來自被埋葬的過去。他站住，頭向右轉朝聲音傳來的方向。他馬上認出這張臉，這張讓他願意犧牲自己去坐牢的臉，是卡洛琳（Karoline）。

卡洛琳！雖然她所戴的帽子，所穿的衣服，都是他從未在她身上見過的，但確實是她的臉，他毫不遲疑地投入她張開的雙臂，那個歡迎他的懷抱。「怎麼這麼巧！」她說。而這真的是她的聲音，卡洛琳的聲音。「你一個人嗎？」她問。

「是，」他說，「我一個人。」

「來，我們敘敘。」她說。

「但是，」他回答，「我有約了。」

「跟一個女人？」她問。

「是。」他有點難以啟齒。

「跟誰？」

「跟小德蘭。」他回答。

「她算什麼！」卡洛琳說。

這時一輛計程車出現，卡洛琳舉起雨傘把計程車攔住。安德列雅斯還沒反應過來，她已經在跟司機講住址，而他自己也坐在裡面，在卡洛琳身邊了。計程車開始移動，快速經過安德列雅斯熟識的、不熟識的街道，朝天知道是什麼地方的方向駛去。

然後他們來到城外的一個地區，滿眼鮮綠，計程車停住的地方是一座公園，景色是早春的綠。而公園裡稀疏的樹後面，藏著一個隱蔽的餐廳。

卡洛琳先下車，像狂風暴雨似的步伐，是他習慣在她身上看到的，她跨過他的膝蓋下車後，付了計程車錢，他跟著她。他們走進餐廳，並肩坐在靠牆、綠色毛茸茸長條軟座裡，像年輕的時候一樣，像他犯罪之前。她點了餐，點餐的一向都是她。然後她看著他，而他卻不敢看回去。

「你這麼長時間都跑哪去了？」她問。

約伯與飲者傳説

「哪裡都去了，也哪兒都沒去。」他說。「兩天前我又開始工作。自從我們不再見面以來，這麼長時間我都在喝酒。我住在橋下，跟所有像我這樣的人一樣。妳呢？妳過的生活似乎比較好一點——跟男人在一起的生活。」他停頓了一下，補上最後一句。

「那你自己呢？」她問。「在酗酒、失業以及睡在橋下之間，你還有時間和機會認識什麼小德蘭。如果我沒有偶然出現，你現在早就去她那裡了。」

他不回答，一直沉默著，直到兩個人把肉吃完，奶酪以及水果上桌。當他乾了杯中最後一口酒，那個多年前當他和卡洛琳還生活在一起時，他經常感覺到的、會突然來襲的驚恐又重新湧上。他又想逃離她身邊了，他說：「先生，麻煩，付帳！」但是她橫插進來：「先生，我付！」這個服務生是一個成熟、會看眼色的人，他說：「是先生先叫我的。」所以付帳的是安德列雅斯，而他也付了。趁著這個機會，他把所有的錢從上衣左邊內袋拿出來，付完錢之後，他驚訝地看到，這筆錢已經不到要還給小聖女的整數了。雖然如此，驚訝被酒意消磨，並沒有讓他太難過。「但是今天，」他暗自對自己說，「這麼多奇蹟接二連三發生在我身上，這樣看來，下週我一定也有辦法籌到足夠的錢還債。」

「原來你是一個有錢人，」卡洛琳在街上時說，「難怪這個小德蘭有辦法忍受你。」

他沒有回答，因此她更是相信她是對的。她要求他帶她去看電影，他便帶她去看電影。他很長一段時間沒有看電影了，時間久到他在看這部電影時，居然看不懂，而且還靠在卡洛琳的肩膀上睡著了。看完電影後，他們去一家有手風琴伴奏的舞廳。離他上次跳舞到現在，已經是很久以前的事了，久到他和卡洛琳跳舞時，都不知道應該怎麼跳才好。因此其他來跳舞的人隨即很快便把卡洛琳接過去，她仍然相當鮮嫩，很受歡迎。他獨自坐在桌邊，又飲起了綠茴香酒。他似乎回到過去，想起那時卡洛琳一樣也和別人跳舞，他也是獨自一人在桌邊飲酒。所以此刻他突然強行將她從別人的懷裡拉開，說：「我們回家吧！」他攬住她，不再鬆開，付了帳後跟她回到她的住處。她就住在附近。

一切猶如過往一般，像他犯罪之前的時光。

05

十分清早的早晨他就醒了。卡洛琳仍在睡夢中。敞開的窗前僅有一隻鳥在鳴叫。他睜著眼睛，靜靜地躺著一段時間，這段時間其實應該不到幾分鐘。在這幾分鐘短暫片刻，他在思索著，他感覺從很久以來，都沒有像過去這一週，有這麼多奇怪的事發生在他身上。他的臉突然轉一個方向，看到在他右邊的卡洛琳。他昨天遇見卡洛琳時沒有看出來的，他現在看見了：她老了。蒼白、浮腫、呼吸沉重，一個老去的女人晨間睡眠的狀態。他認出同樣也在他身上經過的時間變遷，認出自己的變化。他決定不要喚醒卡洛琳，馬上起床，同樣以出乎預料的，或者用更好的說法，命運一般地離開。就像他們兩人，卡洛琳和他，昨天命中注定般地相遇一樣。他偷偷摸摸地穿好衣服離開那裡，走入新的一天，他所習慣的一個新的一天。

其實這應該算是他某個不尋常日子中的一天，因為當他去摸那只最近存放賺到或是找到的錢的左胸口袋時，發覺自己只剩下一張五十法郎的鈔票和一些硬幣。而多年來不知道錢代表什麼意義，對錢也不太在乎的他，現在卻像那些一向口袋都有錢，但卻突然發現錢怎麼變這麼少的人一樣，開始緊張起來。灰色的晨光，空無一人的小巷中，雖然之前不知道有多少個月根本沒法花用的他，竟突然覺得自己變窮了，因為口袋裡的鈔票沒有前兩天那麼厚。他感覺沒有錢的時光似乎已經是很久很久以前了。而且這些應該用來維持他的生活的錢，他自大又輕率地花在卡洛琳身上了。

他生卡洛琳的氣。從來不在乎金錢的他，突然之間開始珍惜金錢的價值。剎那間他覺得，對他這樣有價值的男人來說，擁有一張五十法郎的鈔票是可笑的，即使只是為了想明白他個人的價值，他絕對有必要就著綠茴香酒，安靜地思考一下。

於是，他選擇了鄰近處他覺得最宜人的一家餐館，進去坐下，點一杯綠茴香酒，一邊喝，一邊想起，他其實沒有在巴黎生活的居留證。他看了一眼他的證件，然後發現自己實際上應該被驅逐出境，因為他是以煤礦工人的身分來到法國的。他來自奧休維茲（Olschowice），位於波蘭的西利西亞省（Schlesien）。

06

接著，當他將半碎爛的證件在桌上攤開時，他想起多年前的一天，他來到這裡，因為報紙上說法國在尋找煤礦工人。而他平常就嚮往遠方。他曾在魁北克（Quebecque）礦山工作過，被安排住進同胞沙畢克（Schebiec）夫婦家裡。他愛上這家的女主人，而當她的丈夫有一天幾乎要將她打死時，他，安德列雅斯，竟然出手把這個丈夫打死了。然後他坐了兩年牢。

這家的女主人就是卡洛琳。

而這一切，都是安德列雅斯看著他已經無效的證件時才想起的。然後他再點了一杯綠茴香，因為他開始感到陰鬱。

當他終於起身時，他感覺到一種飢餓，但是只有酒鬼才會被這種飢餓侵襲。那是一種非常特別的飢渴感（慾望的不是食物），這種感覺只會延續一會兒，一旦感覺到這種飢渴的人會幻想在這種時刻能得到讓他滿足的酒，而這種飢餓感就會馬上停止。

多年來安德列雅斯已經忘記自己的姓，但是現在，剛剛看了他無效的證件之際，他想起來他姓卡爾達克（Kartak）：安德列雅斯．卡爾達克。對他而言，好像這麼多年之後，他才重新發現有自己這麼一個人。

他畢竟還是怪罪命運，埋怨它為什麼不再像上次，給他送一個胖胖的、有小鬍子的、臉像孩子般的男人到這個咖啡館來，讓他有再賺新錢的可能。因為再也沒有其他的事像奇蹟一樣，更讓人容易習慣了，如果它一而再、再而三地發生。是的！人的天性就是如此，如果不被繼續給予所有這些偶然和暫時的命運給他們帶來的一切，他們就會生氣。這就是人——我們又怎麼能期待安德列雅斯是不同的呢？這一天剩下的時光，他在不同的餐酒館度過。他心裡清楚，所經歷的會發生奇蹟的時間已經成為過去，完全地結束了，他以前的日子又重新開始了。為這種緩慢的滅亡，酒鬼總是果斷地做好準備——清醒的人永遠不會知道！安德列雅斯又回到塞納河畔，回到橋下。

他睡在那裡，有時白天睡，有時晚上睡，就像一年以來習慣的一樣，跟這個或者那個同是天涯淪落人的，借一瓶燒酒喝——直到週五凌晨。

那天夜裡，他夢見聖女小德蘭化身金色捲髮的小女孩來找他，說：「你上週日為什麼沒有到我這裡來？」小聖女的樣子看起來和他多年前曾想像自己的女兒會是什麼樣子時竟一模一樣。而他是沒有女兒的！他在夢裡卻對小德蘭說：「妳是怎麼說話的？妳忘了我是妳爸爸嗎？」小德蘭說：「原諒我吧，爸爸。但是幫我一個忙，明天過來。週日，到巴蒂紐爾聖母教堂來找我。」

做了這個夢的夜晚之後，他身清氣爽地起身，像一週前奇蹟還發生在他身上一樣，猶如他將這個夢當成真正的奇蹟一般。再一次的，他想在河邊洗漱，但是在脫上衣之前，他伸手去摸左邊胸口，模糊地希望那裡存在著他之前也許完全不知道的錢。他把手伸進上衣左胸口袋裡，他的手雖然沒有找到紙鈔，卻摸到那個他數天前買的皮夾。他把皮夾拿出來。反正皮夾是很廉價的便宜貨，和預期一般早就耗損、也被換過無數次。櫥皮、牛皮，他瞪著它，因為他不記得在什麼地方、什麼時候買的這個皮夾。它是怎麼到我這裡來的？他問自己。最後他打開這個東西，看到它有兩個內層。他好奇地把兩層都翻開看，在其中一層有一張紙鈔。他把紙鈔拿出來，是一張一千元法郎鈔票。

他趕快把鈔票塞進褲子口袋，走近塞納河岸，沒有理會他不幸的同伴們，他洗臉，甚至洗脖子，他做這些時幾乎是愉悅的。然後他穿上衣服，迎向這一天。這一天的他以走進書報攤買香菸開始。

他雖然現在有足夠的零錢買香菸，但是他不知道他還有什麼機會能夠換這張他這麼美妙的、在皮夾裡找到的千元法郎紙鈔。因為他有足夠的社會經驗，他知道，在世俗的眼光中，意思是，在權威世界的眼中，他的衣服、外表和一張千元法郎紙鈔之間存在著明顯的反差。最後，透過新的奇蹟變得勇敢的他，決定亮出這張鈔票。但是，他仍然必須使用原有的聰明才智，來對書報攤收銀機前的先生說：「不好意思，如果您千元法郎找不開，我也有零錢可以給您。我只是想把它換開。」

出乎安德列雅斯的預料，書報攤先生說：「完全相反！我需要一張千元大鈔，您來得正是時候。」於是書報攤老闆換開了這張鈔票。安德列雅斯沒有馬上離開，還留下在吧台邊喝了三杯白酒，這當然是為了感謝命運之神。

07

當他站在吧台邊時，他注意到，在老闆寬大的背後牆上掛著一張裱著框的照片。這張照片讓他想起在家鄉奧斯維茲的一個老同學，所以他問老闆：

「那是誰？我想我認識他。」話一說完，不管是老闆或是吧台邊所有的客人都爆出一陣大笑。所有人都喊道：「怎麼可能？他居然不認識他！」

原來照片裡那個人是足球大明星坎賈克（Kanjak），他是西利西亞省人，一般人都知道他。但是足球明星從哪裡認識我們這位睡在塞納河橋下的酒鬼朋友安德列雅斯？他覺得難為情，特別也是因為他剛剛才將千元大鈔找開，安德列雅斯便說：「噢，我當然知道他是誰，而且他還是我的朋友呢。這張照片我乍看之下，一點都不像他。」然後，也因為沒有人繼續問他問題，他很快地付錢離開了。

現在他感覺肚子餓了。所以他進了最近的一家餐館吃飯，喝了一杯紅酒。吃了奶酪之後，又喝一杯咖啡，並且決定下午要去看電影。但是他不知道該去哪一家電影院。他現在像每個迎面而來的富有男人一樣有這麼多錢，所以他故意走上林蔭大道。在歌劇院和嘉布遣大道（Boulevard des Capucines）之間他尋找會好奇想看的電影，最終也找到一部。宣傳這部電影的海報上，畫著一個明顯打算去遠方冒險的男人。海報上畫著他走過無情的、豔陽曝曬的沙漠。安德列雅斯走進電影院。看著電影裡的那個男人走在炎酷的沙漠中，安德列雅斯已經開始同情電影中的主角，當影片情節突然發生意外轉折，沙漠中那個男人被一輛經過的科學探險隊大篷車拯救，並帶回了歐洲文明的懷抱，他覺得自己就是他。然後，安德列雅斯對電影裡的主角頓時失去興趣。他在起身的時候，發現電影螢幕上正好出現不久前，他站在吧台邊看見的餐酒館老闆背後牆上張貼的那張同學的照片。那是足球大明星坎賈克。這時，安德列雅斯想起，二十年前，他曾經和坎賈克一起坐在同一間教室的椅子上。他決定明天馬上去打聽，看看他的老同學現在是否在巴黎。原因是此時他口袋裡的錢可不少於九百八十法郎。

這可不是小數目。

08

在他離開電影院之前，他想到根本完全沒有必要等到明天早上才去找他的朋友，同時也是他的同學的地址，尤其考慮到他口袋裡數額相當多的鈔票。

他一想到口袋裡還剩下的錢數，就變得非常勇敢，他決定到賣票的窗口去詢問他那個知名足球明星朋友的地址。他以為他必須問戲院經理。但是他錯了！在巴黎誰比足球明星坎賈克更有名？連門口的警衛都知道他住在哪裡。他住在香榭里榭大道（Champs Elysées）上的一家飯店。警衛連飯店的名字都告訴了他，我們的安德列雅斯便立刻上路往那裡去。

這是一家高尚、小巧而有格調的飯店，正是那種足球員和拳擊手，我們這時代的精英，會選擇居住的地方。安德列雅斯在飯店大廳感覺自己有點格格不入，飯店工作人員對他來說也很陌生。雖然如此，他們還是對他說明知名足球員坎賈克有在家，並且準備好後隨時會到大廳來。

幾分鐘後他真的下來了，他們馬上認出彼此。然後兩人站著就聊起舊時校園回憶，接著一起出去吃飯，彼此之間的氣氛歡快、明亮。由於他們一起去用餐，所以這位足球明星便問他這位潦倒的朋友以下問題：

「你看起來為什麼這麼落魄？你身上穿著的，是什麼破布？」

「要是我告訴你，」安德列雅斯回答，「事情是怎麼到這個地步的，會變很糟糕。而且這會嚴重影響我們歡樂重逢的快樂時光。對此我們還是一句話都別說。我們聊一點快樂的事吧。」

「西裝我有很多，」知名足球員坎賈克說，「你挑一、兩件去穿，我會很高興。在學校裡，你坐在我旁邊，總是讓我抄你的答案。一件西裝對我來說算什麼！你住哪？我給你送去。」「我住的地方你不認識。」安德列雅斯回答，「簡單地說就是，我沒有住址。其實我住在塞納河邊橋下已經有一段時間了。」

「那我幫你租一個房間，」足球員坎賈克說，「租個房間，這樣我們把西裝送給你的目的就達到了。來！」

用過餐之後，他們就離去了。足球運動員坎賈克真的租了一個房間，租金每天二十五法郎，就位於巴黎一座偉大的教堂附近，教堂被稱為「瑪德琳」（Madeleine）。

09

房間在六樓，安德列雅斯和足球員必須得乘坐電梯。安德列雅斯當然沒有行李在身邊，但是不管是飯店門衛、電梯小弟還是隨便哪一個飯店服務人員，都沒有人感到奇怪。因為這單純是一個奇蹟，在奇蹟中沒有什麼是奇怪的。當他們兩人在樓上房間裡駐足，足球員坎賈克對他同座的同學安德列雅斯說：「你可能需要一塊肥皂。」

「像我們這樣的人，」安德列雅斯回說，「沒有肥皂也活得下去。我打算不用肥皂在這裡住八天，但是我還是會洗澡的。現在我希望我們馬上點些酒來慶祝這個房間。」

足球員便點了一瓶白蘭地，喝到瓶底朝天。接著他們坐計程車離開飯店去蒙馬特，去的是有女人陪酒，也就是幾天前安德列雅斯才去過的那家咖啡館。他們在裡面坐了兩小時、暢聊學校裡的回憶後，足球員送安德列雅斯回家，意思是回到那間他給他租的飯店房間，並對他說：「現在晚了，你休息吧。我明天給你送兩套西裝來。還有——你需要錢嗎？」

「不，」安德列雅斯說，「我有九百八十法郎，不算少。你回家吧！」

「我過兩、三天再來。」朋友——那位足球員說。

10

飯店房間，安德列雅斯從現在起住的，號碼是：98。安德列雅斯獨自一進到房間裡，就馬上坐到套著粉紅色綢緞、舒適的扶手椅上，打量周遭。首先他看到紅色絲綢的壁紙，圖案是精緻的鸚鵡頭。牆上有三個象牙做的按鈕，在門框右手邊，還有床旁邊的床頭櫃，與床上方都掛著有暗綠色燈罩的燈，更遠的地方是一扇有白色球形把手的門。門後彷彿有什麼神祕的物品，至少對安德列雅斯來說，好像藏著什麼神祕的東西。床邊有一架黑色的電話，裝置得那麼巧妙，躺在床上都能用右手輕易抓到話筒。

安德列雅斯看房間看了很久，一邊看還一邊注意著要熟悉這裡，之後，他突然感到好奇。帶著白色球形把手的門讓他困惑，他雖然害怕，也對飯店房間不熟，但還是起身，決定去看看，門後是通往哪裡。他以為，門理所當然是鎖著的，但是當門自動地，幾乎是客氣地開啟的時候，他好驚訝！

他現在看到了，裡面是一間浴室，磁磚閃亮，浴缸白花花地耀眼，還有馬桶也是。總而言之，在他的圈子裡，他們會說這是解決內急的地方。

在這一刻他剛好也想盥洗，所以他打開一冷一熱兩個水龍頭，讓水流進浴缸。當他脫下衣服，準備進浴缸時，他感到對沒有第二件襯衫的自己很遺憾。因為他脫下襯衫的同時，也看到上衣有多髒。他光想到出了浴缸，必須重新穿上這件襯衫，就已經感到害怕。

他踩進浴缸，很明白自己已經很久沒有洗澡。他心情快活地清洗自己，起身，重新穿上衣服，然後就不知道自己該做什麼了。

出於百般無聊，而不是好奇心，他打開房間的門，一踏進走道，就看見一個年輕女人正好也從她的房間走出來，跟他一樣出現在此。在他看來，她又漂亮又年輕。是的，她讓他想起他買錢包時碰見的那個店裡的女售貨員，也有一點像卡洛琳。他在她面前稍微低頭打了招呼，因為她也對他點頭回禮，他便鼓起勇氣對她說出心裡的話：「您好漂亮。」

「您也不差。」她回答。「等一下！也許我們明天見。」然後她往走廊深處走去。而他，突然間想要被愛，就看了一眼她住的房間號碼。

號碼是：87。他將這個號碼記在心上。

11

他重新回到房間，等待著，並豎起耳朵，決定不要等到明天才跟這個漂亮的小姐見面。儘管最近幾天他幾乎不間斷地被一連串的奇蹟說服，恩典已經降落在他身上，也正因為如此，他相信他有資格可以有一種狂妄。他覺得出於禮貌，他必須預料有恩典會到來，才不會冒犯恩典。當他相信他聽到的是房號87那位小姐輕巧的腳步聲時，他小心翼翼地把門打開一條縫，看到真的是她，她正要回她的房間。由於他多年沒有這麼做了，所以他沒有察覺到這個美麗的女子其實也察覺他在偷看，這可非同小可。所以她便做出職業和習慣教給她的事，匆匆忙忙地整理好房間，把頂燈熄滅後，上床，就著床頭櫃的燈拿一本書在手上，開始讀；但是這本書她早就讀過了。

過了一會兒，一陣猶豫的敲門聲響起，如她所預期，然後安德列雅斯進來。他在門檻那裡停住，雖然他很確定，下一秒他就會受到走近一點的邀請。但漂亮的小姐文風不動，手上的書也沒有放下，她只是問：「請問有什麼事嗎？」

安德列雅斯因為洗浴、肥皂、扶手椅、壁紙、鸚鵡頭和西裝等變得有自信了，他回答：「我等不到明天了，親愛的。」女子沒有說話。

安德列雅斯更靠近她一點問她，她在看什麼書，然後誠實地說：「我對看書沒有興趣。」

「我在這裡只是暫時的，」女子在床上說，「我在這只待到星期日。星期一我就必須去坎城上台演出了。」

「演什麼？」安德列雅斯問。

「我在賭場跳舞。我叫嘉碧。您沒有聽說過這個名字嗎？」

「當然有，我在報紙上見過。」安德列雅斯嘖嘖稱讚，雖然他還想補上一句：「是我用來當被子蓋在身上的報紙。」但是他還是避開了這句話。

他在床邊坐下，而漂亮女子並沒有反對。她甚至把手上的書放下，安德列雅斯在87號房裡一直待到隔天早上。

12

星期六早晨他帶著堅強的決心醒來，他決定直到漂亮女子離開之前，都不要和她分開。他的心中甚至有個想法的幼苗在綻放，要陪著這個年輕的女人去坎城。他其實和所有的可憐人一樣，口袋裡有點小錢，就覺得自己是大人物（尤其是可憐的酒鬼更是會這麼想）。一早他就將他的九百八十法郎重新數了一遍。

甚至連帶著年輕女子到坎城旅行的微弱念頭都在他身上綻放。因為這筆錢是放在皮夾裡，而皮夾又是放在新的西裝裡，於是在他看來這筆錢比實際價值多了十倍。他沒有因此緊張失措，當他離開她一個小時之後，漂亮小姐沒有敲門，就進入他的房間。並且當她問他，他們兩人的星期六要如何度過時，他隨口說出：「楓丹白露宮（Fontainebleau）。」不知道從何處，也許在夢裡他曾經聽說過。但是他怎麼都不明白，為什麼這個地名會跑到他的舌頭上來。

他們租了計程車，然後開往楓丹白露宮。原來漂亮女子知道在那裡有一家好餐館，可以吃美味的食物，喝香醇的酒。而且連餐館服務生都認識她，她還直接叫對方的名

2021正

字。要是我們的安德列雅斯天性是愛吃醋的人，他可能會生氣。但是他不愛吃醋，所以也沒見怪。他們又吃又喝地花了一些時間後，接著又坐著計程車回巴黎。隨後，巴黎璀璨的夜色驀然出現，而他們卻不知道應該拿這樣的夜晚怎麼辦，這份不知所從就像萍水相逢，彼此不相屬的人們對眼前的不知一樣。橫在他們眼前的夜景像一片亮得太清晰的沙漠。

他們輕率地浪費了男人和女人共處的基本經驗之後，不再知道如何相處。所以他們像所有不知如何相處的人一樣，決定去看電影。他們坐在那裡，沒有陰黝，甚至也不黑暗，我們差不多可說它半明半暗、朦朧的。他們互相握著手，這位女孩和我們的安德列雅斯。但是他可有可無地握著的手，連他自己都難過，他本身是這樣。中場休息了，他決定帶著漂亮女子出去大廳喝一杯。兩個人起身過去共飲。他對電影已經不感興趣了，懷著相當抑鬱的心情，他們回去飯店。

第二天早晨是一個星期天，安德列雅斯帶著必須還錢的責任感醒來。他起床的速度比昨天更快，倉促的聲響使漂亮女子從夢中被驚醒，問他：「什麼事這麼急，安德列雅斯？」

「我必須去清償一筆債務。」安德列雅斯說。

「什麼？今天？星期日的時候？」漂亮小姐問。

「對，今天，星期日的時候。」安德列雅斯回答。

「你欠錢的是一個女人還是男人？」

「女人。」安德列雅斯有些猶豫地說。

「她叫什麼名字？」

「小德蘭。」

漂亮小姐一聽就從床上跳起來，握起雙拳朝安德列雅斯的臉揮過去。

接著安德列雅斯飛奔出房間，他就這樣離開飯店。懷著今天終於能夠還給小德蘭兩百法郎的篤定，他不再猶豫地往巴蒂紐爾聖母教堂的方向去。

13

到底是天意，也就是像少數虔誠的信徒會說的：巧合，還是其他？安德列雅斯又在十點那場彌撒結束之後才到達。他一看到教堂附近他上次進去喝酒的餐酒館，自然而然地又進去了。

他點了酒。但是像他這樣的人，雖然一再經歷了奇蹟，仍然猶如全世界所有的窮人一樣，他還是先檢查是否有足夠的錢，所以他把錢包拿出來。然後他看到，在他原有的九百八十法郎中已經所剩無幾。

他只剩下二百五十法郎。他想了一下，發覺竟是飯店那個漂亮小姐拿了他的錢。但是我們的安德列雅斯不以為意。他對自己說，尋歡作樂是要付費的，他享受了，所以付費是應當的。

他打算在這裡等到教堂鐘響，再去望彌撒，把欠小聖女的款項徹底還清。在那之前他想喝酒，於是他點了酒。他喝著酒，然後提醒大家望彌撒的鐘聲響起。他叫道：「先生，買單！」他買了單後，起身走出去，差不多走到門口時和一個高大、肩膀寬闊的先生撞在一起。他馬上叫出這個人的名字：「沃泰克（Woitech）！」這個人在同時也大叫：「安德列雅斯！」他們互相擁抱，因為兩人同在魁北克時，是一起共事的煤礦工人，兩人都同在一個礦坑。

「你可以在這裡等我嗎？」安德列雅斯說，「就二十分鐘，直到彌撒結束就好，一刻也不會讓你多等！」

「現在剛好不行，」沃泰克說，「你怎麼開始做起彌撒來了？我受不了神職人員，更受不了那些去找神職人員的人。」

「但是我是去找小聖女。」安德列雅斯說，「我欠她錢。」

「你是說聖女小德蘭嗎？」沃泰克問，

「對，我說的就是她。」安德列雅斯回答。

「你欠她多少錢？」沃泰克問。

「兩百法郎！」安德列雅斯說。

「那我陪你過去。」沃泰克說。

教堂的鐘仍在嗡嗡作響。他們走進教堂，他們在裡面剛一站住，彌撒就開始了。沃泰克用耳語對他說：「馬上給我一百法郎！我剛剛想起來，有人在那邊等著我，不給我的話，我就要進監獄了！」

安德列雅斯毫不遲疑地就將他所有僅剩的兩百法郎紙鈔全都給他，說：「我等一下再去找你。」

現在他眼見自己不再有錢還給德蘭，繼續留下做彌撒並沒有意義。出於禮貌，他等了五分鐘才離開，趕至沃泰克在等他的餐酒館。

從現在起他們成為夥伴兄弟，他們這樣互相保證。

沃泰克當然沒有欠任何朋友的錢，安德列雅斯借給他的一百法郎，他小心地用手帕包起來，打一個結。另一張一百法郎他用來請安德列雅斯喝酒、喝酒、再喝酒。晚上他們到有陪侍女人的地方，兩個人都在那裡待了三天。等到他們從那裡出來，已經是星期二。沃泰克和安德列雅斯分別時說：「我們星期日再見，同一時間、同一個地點。」

「再見（Servus![2]）！」安德列雅斯說。

「再見（Servus!）！」沃泰克說完便消失了。

14

這是一個多雨的星期二下午，雨下得大到沃泰克真的轉眼便消失在雨中。無論如何，在安德列雅斯看來是如此。

他感覺，他的朋友在雨中丟失不見了，就像他碰巧遇到他一樣。他口袋裡除了三十五法郎外，再沒有錢了。他相信，他是幸運的寵兒，奇蹟一定會再發生在他身上，他決定，猶如所有的窮人和酒鬼都會做的事一樣，重新把自己的命運託付給他唯一相信的上帝。所以他往塞納河去，步下通往流浪漢之鄉熟悉的階梯。

在這裡，他遇到一個正步上樓梯的男人，他覺得這個男人他好像認識，所以安德列雅斯禮貌地跟他打招呼。這是一個上了年紀、外表整齊美觀的先生。他停下腳步，仔細打量安德列雅斯，最後開口問道：「您需要錢嗎，親愛的先生？」

安德列雅斯馬上認出這個聲音屬於那位他三週前遇見的先生，於是他問：「我記得

2 注：通用於中歐，用於見面時問好及道別。

很清楚，我還欠您錢，欠的錢我應該拿去給小聖女德蘭。但是您知道嗎，我每次都被各種突發事件擋住沒有去成。我已經第三次要還錢時被阻擋。」

「您認錯人了，」有些年紀、衣冠楚楚的紳士說，「我並沒有這個榮幸能認識您，您把我和別人搞混了。但是我覺得，您的情況似乎有些窘迫。我和您所提到的聖女小德蘭有很深的羈絆，所以我準備代為墊付您欠她的錢。請問是多少錢？」

「兩百法郎。」安德列雅斯回答，「但是很抱歉，您不認識我！我是一個誠信的人，您無法向我追討，因為我雖然有信譽，但是沒有地址。我睡在這些橋的某個橋下。」

「噢，這個沒有關係！」紳士說，「我也是在這樣的地方睡覺。如果您接受我的錢，就等於是幫我一個大忙，對此我感激不盡，因為我虧欠小德蘭太多了！」

「那——」安德列雅斯說，「我當然遵從您的意願。」

他接過錢，等到那位先生上完階梯後，自己也走同樣的階梯上去，直接到卡特爾倖街，那間他習慣去的俄式亞美尼亞餐館達里巴利，在那裡待到星期六晚上。然後他想起來，明天是星期日，他必須到巴蒂紐爾聖母教堂去。

達里巴利餐館裡人很多，因為有些無家可歸的人就睡在裡面，白天在吧台後面，夜晚則在長椅上。星期日安德列雅斯起得很早，不太是為了他害怕錯過的彌撒，而是害怕跟他追討酒錢、餐費和過夜資的餐館主人。

但是他想錯了，餐館主人比他早得多就起身了。餐館主人認識他很久，久到他知道，我們的安德列雅斯會抓住一切機會來逃避付款。因此，我們的安德列雅斯必須支付從週二至週日的大量食物和酒，而且所付的錢比他所吃喝的多得多。因為達里巴利的老闆知道他的顧客裡誰會算錢誰不會算錢，而我們的安德列雅斯屬於不會算錢的，和很多酒鬼一樣。安德列雅斯將身上有的一大部分的錢都拿出來付帳，然後仍然動身往巴蒂紐爾聖母教堂的方向去，雖然他知道，要還給聖女小德蘭的錢應該不夠。他同樣想著跟他有約的朋友沃泰克，想他的程度就和想小聖女一樣。

他現在來到教堂的附近，而且又是那場十點彌撒開始之後才到。再一次，他和人潮方向相牴觸，然後習慣性地，他又走上去餐酒館的路時，聽見身後有人叫喊，突然他感到肩膀上一隻粗壯的手。他回頭一看，是一個警察。

我們的安德列雅斯，猶如我們所知，沒有身分證。和很多跟他相同的人一樣，他受到驚嚇，手趕快伸進口袋裡，只是為了看起來像他持有證件的樣子。警察卻說：「我已經知道您在找什麼了。在口袋裡您是不會找到的！您的皮夾掉了，來，拿去吧。還有，」他戲謔地加上一句，「這就是週日一大早就已經喝掉這麼多餐前酒的結果！……」

安德列雅斯快快接過皮夾，幾乎鎮定不下來舉帽致意，就直奔小酒館了。

在那裡他其實已經找到沃泰克，但沒有馬上認出是他，而是很久之後才意識到是他，所以我們的安德列雅斯就更加熱情地跟他打招呼。然後他們再也無法停止輪流邀請對方喝酒。沃泰克很有禮貌，像大多數人一樣，從坐著的長椅上站起來，將他的長椅讓給安德列雅斯，自己雖然搖搖晃晃站不穩，卻繞著桌子到對面，在一張椅子上坐下，說著場面話。他們只喝綠茴香酒，沒有點餐。

「又有奇怪的事發生在我身上了，」安德列雅斯說，「我回來赴約的時候，一個警察抓住我的肩膀，說：『您的皮夾掉了。』然後給我一個根本不屬於我的皮夾，我就收下了。現在我來看看，這到底是什麼。」

然後他把皮夾拿出來仔細看，皮夾裡有各種跟他一點關係都沒有的證件。他也看到有錢在裡面，數了一下，剛剛好兩百法郎。安德列雅斯於是說：「這是上帝的意旨。我現在過去，終於可以還錢了！」

「做這件事，」沃泰克回答，「到彌撒結束之前你還有時間。你幹嘛跟著一起做彌撒？彌撒進行的時候，你又不能還錢。彌撒結束之後你再到法衣室去。在那之前我們就開懷地喝吧！」

「那當然，還用你說。」安德列雅斯回答。

這時，餐酒館的門打開了。感到心口一陣不可言喻的疼痛，以及腦袋裡龐大的脆弱的同時，安德列雅斯看到一個年輕的女孩走進來，剛好在他正對面的長椅上坐下。她非常年輕，年輕到他相信，他這輩子還沒有見過一個像她這麼年輕的女孩。而且她全身的衣著都是天空一般的藍色。她的藍，是只有天空才有的藍，而且是在有些有福的日子裡，天空才會出現的藍。他搖搖晃晃地走過去，對這個稚嫩的孩子鞠一個躬：「您來這裡有什麼事嗎？」

「我在等我的父母，他們剛剛做完彌撒。每隔四個星期的禮拜天他們會來這裡接我。」她說。畢竟一個年紀較大的男人突然跟她搭話，她有點驚嚇。她對他感到有些害怕。

安德列雅斯繼續問：「您叫什麼名字？」

「德蘭。」她說。

「啊，」安德列雅斯叫出聲來，「多麼討人喜歡啊！我沒有想到，一個這麼偉大，這麼年輕的聖徒，這麼偉大又這麼幼小的女債主會如此寵信我，我這麼久都沒去找您，您還來找我。」

「我不明白您在說什麼。」小女生相當困惑地說。

「那只是您品格高尚。」安德列雅斯回答。「您的善良，我知道要感激。我虧欠您兩百法郎已經很久了，一直都找不到機會去還您，聖女！」

「您一毛錢都沒有欠我。我倒是有一些錢在口袋裡，您拿了就走吧，我的父母快要來了。」

她從她的小口袋裡拿出一張一百法郎的鈔票給他。

這一切沃泰克都在鏡子裡看到了，他從椅子上搖晃著起身，點了兩杯綠茴香酒，要帶到吧台去給我們的安德列雅斯，好跟他一起喝。但是，當安德列雅斯準備走去吧台時，他像痲袋一樣地倒到地上。餐酒館裡所有的人都嚇了一跳，沃泰克也是。嚇得最厲害的，是叫德蘭的那個小女生。接著，因為附近既沒有醫院也沒有藥局，大家便扛著他去教堂，而且進了法衣室，因為不信神的酒館侍者仍然相信神父了解生與死的奧祕，而且叫做德蘭的女孩無法避免地，也跟著進來了。

大家於是把我們可憐的安德列雅斯放進法衣室，很遺憾他已經無法再開口說話。他只是一再地做出似乎想去掏上衣左邊內袋的動作，這個內袋是存放他欠小聖女的錢的地方，然後他說：「聖女小德蘭！」呼出他最後一聲嘆息之後就死去。

主啊！請賜給我們所有人——所有的酒鬼，一個這麼輕易又如此美麗的死亡！

約伯：一個簡單的人

第一部分

01

很多年前在祖賀瑙（Zuchnow）[1]住著一個叫曼德爾・辛格（Mendel Singer）的人。他虔誠、敬畏上帝而且平凡，是一個非常典型的猶太人。他的職業是老師。在一個只有寬敞廚房的家裡，他教導孩子們閱讀《聖經》。他對教書真誠、熱情，卻沒有獲得受人矚目的成功。在他之前已經有成千上萬的人像他一樣地生活、教書。

如同他的生活一般的，是他蒼白的臉。一張周邊鑲著普通的、黑色大鬍子的臉，嘴被鬍子遮著。他的眼睛大而黑，眼神呆滯，被沉重的眼瞼遮蓋了一半。頭上戴著一頂黑色的羅紋絲綢帽，這種絲綢材質有時也用來製作不合時宜和便宜的領帶。曼德爾・辛格的身體包著中長、慣見的猶太長衫，當他匆匆穿過巷弄時，衣衫邊緣會飄動，並沉重

1　作者虛構的地名，影射其家鄉 Brody，奧匈帝國時期，俄國邊境的小鎮。

地、規律如振翅般拍打在長靴的靴筒上。

辛格似乎沒有什麼時間，而且緊急待辦的事情很多。當然他的生活總是很艱難，有時甚至是痛苦的折磨。他得給妻子和三個孩子穿衣吃飯（第四個孩子已經在肚子裡）。上帝賜予他腰身肥大，心懷平靜，手握貧窮。他們沒有能掂斤秤兩的金子，沒有可數的鈔票。雖然如此，他的生活仍然猶如一條在貧瘠的河岸間流淌的小溪，默默前行。每天早晨曼德爾感謝主恩賜了他一夜好眠、甦醒以及將開始的一天。日落西山後，他再一次祈禱。當第一批星辰揮灑上天際時，是他第三次祈禱的時候。躺上床之前，他用疲倦但勤奮的雙唇輕聲細語地再次祈禱。他的睡眠裡沒有夢境。他的良心純潔，他的靈魂堅貞。他沒有什麼可遺憾的，也沒有什麼讓他渴望。他愛他的妻子，享受她的肉體。他的胃口健康、吃飯很快。他的兩個兒子約拿斯（Jonas）和哲麥耶（Schemarjah）會因為不服管教而挨打，但是女兒蜜嘉（Mirjam），排行最小的孩子，他疼愛異常。她繼承了他的黑髮、黑色沉靜溫柔的大眼。她的四肢纖瘦，骨節細緻，彷彿一隻小鹿。

他教授十二個六歲的小孩閱讀與背誦《聖經》。每個小孩在每週五帶給他二十個戈比（Kopek）。這是曼德爾．辛格唯一的收入。他才三十歲，然而增加收入的機會那麼的少，也許根本就沒有。學生長大一點後，便會去找別的老師，比較有智慧的老師。年復一年，生活變得愈來愈昂貴，大地農產收穫卻愈來愈貧乏。紅蘿蔔減少，蛋是空心的，馬鈴薯受過霜害，湯稀得像水，鯉魚細，狗魚短，鴨瘦鵝硬，母雞什麼肉都沒有。

因此，曼德爾．辛格的妻子黛博拉（Deborah）的抱怨聲就響起了。她是一個女人，有時會受到魔鬼的誘惑。她貪圖富人的財產，羨慕商人的利益。在她眼中曼德爾．辛格地位低下，除了孩子多，懷孕辛苦，物價高昂，收入微薄，甚至惡劣的天氣都是他的錯。星期五她擦洗地板，直到地板變成藏紅花般的黃色。她寬闊的肩膀以穩定的節奏上上下下，她強壯的手在每一塊木板上縱橫交錯地擦抹，她的指甲伸入木板和木板間的細縫，摳出黑色污垢，再用來自水桶的衝擊水波將它摧毀。她像寬闊巨大、會動的山脈，爬過光禿禿、粉刷成藍色的房間。屋外門前家具在通風透氣，棕色的木床，乾草袋，一張刨得非常光滑的桌子，兩張長而窄的凳子——水平的木板，每張都固定在兩塊垂直的木板上。只要第一道暮光飄降到靠近窗戶旁，黛博拉立刻點上鋅白銅燈裡的蠟燭，雙手在臉前合十，開始祈禱。穿著黑絲長袍的先生回到家，光亮的地板像融化的黃色太陽照映著他，使他的面容比慣常更蒼白，鬍鬚也比平日更黑。他坐下後簡短的吟唱，然後父母和孩子們一起開始舀食熱湯，面對湯盤靜默無言的微笑。從鍋中、碗中、身體裡湧出的熱氣，讓室內溫度上升。鋅白銅燈具裡廉價的蠟燭支撐不住，開始軟倒。

燭淚滴在磚紅色藍框格子的桌布上，立即凝結成塊。窗戶一推開，蠟燭便收緊硬挺起來，安然地燃燒到盡頭。孩子們躺到爐灶邊的乾草袋上，父母仍坐著，帶著憂慮的嚴肅瞪著火中最後的藍燄，燄火從燭台的凹穴中往上衝刺，然後輕輕地回捲下沉，像是火焰製成的水舞。燭蠟慢慢地燃燒，藍色、細細的輕煙從燒焦的燈芯殘留上升，延伸至天花板。「唉！」妻子輕嘆。「不要嘆氣！」曼德爾・辛格警告道。他們默默無語。「我們睡吧，黛博拉。」他命令一下，她就喃喃念起晚禱。

每個星期結束時，安息日都以寂靜、蠟燭和祈禱歌聲開始。二十四小時後，安息日潛進黑夜，黑夜引領著由平日組成的灰色列車，跳著勞累憂慮的輪舞。一個盛夏某個炎熱的日子，大約在下午的第四個小時，黛博拉生產了。她的第一聲尖叫衝進十二個學子的誦書聲裡。之後他們都回家了，七天的假期開始。曼德爾得到一個新生兒，他的第四個孩子，是一個男孩。八天之後嬰兒行割禮，被命名為梅努因（Menuchim）。

梅努因沒有搖籃。房間中央，他睡在像吊燈一樣由四根繩子固定在天花板鉤子上，柳葉編織的籃子裡。曼德爾・辛格不時用手指輕輕地、不無愛憐地推送馬上開始搖擺的掛籃。這個動作有時候可以讓嬰兒平靜，但有時候對他想哭泣和尖叫的興趣一點幫助也沒有。他的嘶喊聲掩過十二個學子的誦書聲，褻瀆的、醜陋的聲響蓋在《聖經》神聖的句子上。黛博拉爬上凳子，把嬰兒抱下來。乳房白色、浮腫而巨大地從她打開的襯衫湧現。她的胸部強烈地吸引男孩們的目光。在場所有的人似乎都在吸她的奶，她自己較大的三個孩子圍繞著她，既嫉妒又渴望。一切安靜下來，只聽見嬰兒吸吮的咂咂聲。

日子綿延成一週，數週累積成一個月，十二個月過又是一年。梅努因仍然在喝母親稀薄透明的奶，她無法讓他斷奶。他十三個月大的時候開始做表情，像動物一樣地呻吟，像追捕獵物一樣急促地呼吸，並以前所未有的方式喘氣。他的大腦袋像南瓜一樣，垂掛在細瘦的脖子上。寬大的前額像捏皺的羊皮紙，到處都皺巴巴的。他的雙腿彎曲，像兩支木弓一樣沒有一點生氣。他細瘦的胳膊來回擺動、抽搐，嘴裡結結巴巴發出可笑的聲音。他若發作，就會被從搖籃裡抱起，被搖到臉色變青，幾乎不能呼吸，然後他才會慢慢復原。瘦弱的胸上放置滾燙的水（裝在好幾個袋子裡），細瘦的脖子以款冬（譯者：一種藥草）纏繞。「沒關係，」父親說，「這是因為他在長大！」「兒子會像母親的兄弟們。我弟弟也像這個樣子長達五年！」母親說。「他在長大！」其他的人也說。直到有一天，天花傳染病在城裡爆發，當局規定必須接種疫苗，醫生湧進猶太人的房子裡。有些人躲藏起來，但是曼德爾．辛格，這個正直的人，不逃避上帝的任何懲罰，即使是接種疫苗，他也滿懷信心的期待。於是在一個炎熱、有陽光的早晨，委員會來到曼德爾居住的街區。猶太房子中最後輪到的，才是曼德爾的家。一個腋下夾著一本大書的員警陪著（Soltysiuk）醫師索爾蒂修克來施打預防針，醫師棕色的臉上蓄著金色鬍鬚擺盪飄動，發紅的鼻子上夾著金框眼鏡，步伐豪邁，穿著破舊黃色皮革綁腿，由於天熱，外套隨意掛在藍色俄式襯衫上，所以外套的袖子看起來似額外的一對手臂，這對手臂同樣也準備好了，可以隨時下針接種。於是索爾蒂修克醫生進入猶太鄰里，迎面而來的是他躲避不及的婦女怨聲載道與兒童哭天喊地。員警從深深的地窖和高高的閣樓、窄小的房間和大草籃裡領出女人和小孩。太陽持續發熱，醫生汗流浹背。他要接種疫苗的人數不下一百七十六個猶太人。一有逃跑或者無法通知到的人，他心裡就默默感謝上帝。當他到達藍色小房子中的第四間時，他眨眼示意員警，不必再努力尋人。醫生越深入鄰里，喊叫聲就越強烈，這些喊叫聲引領著他的腳步前進。還在害怕打針的喊叫聲與已經接種完的咒罵聲結成盟軍。又累又混亂的醫生呻吟著在曼德爾家裡的長凳上坐下，想要一杯水。他的眼光落在小梅努因身上，他高舉這個小瘸子，說：「他會有癲癇。」父親心裡感到一陣恐懼。「所有的小孩都會有驚厥。」母親反對地說。「這不是驚厥。」醫生確定地說，「但是我也許可以治好他，他的眼神裡有求生意志。」

醫生馬上就想帶這個小孩一起進醫院。黛博拉打算同意，「人家願意免費治好他。」

但是曼德爾．辛格反駁：「閉嘴，黛博拉！如果不是上帝的意願的話，沒有醫生能治好他。妳要他跟俄國小孩一起長大嗎？要他聽不到《聖經》的教誨嗎？吃肉喝牛奶，還吃奶油煎的雞肉，像人家在醫院裡吃的一樣？我們是窮，但是出賣梅努因的靈魂，醫治就免費，這我不幹！在陌生的醫院裡，沒有人的病會好的。」猶如一個英雄，曼德爾將細瘦蒼白的手臂交出去接種。但是，梅努因他不會交出去的。他決定，一週禁食兩次，週一和週四，以懇求上帝幫助他最小的孩子。黛博拉則決定去墓地朝聖，籲請祖先之骨為他們向上帝進言，讓梅努因恢復健康，不會成為癲癇病人。

然而，自從接種疫苗那時候起，恐懼如同怪獸盤踞在曼德爾家中，憂愁像炙熱刺痛的風在心中不斷地吹，揮之不去。黛博拉的嘆息被默許，她的丈夫沒有責備她。她祈禱的時候，臉埋在雙手間的時間比以往長久，似乎是在為自己製造黑夜，讓恐懼能被埋葬，為自己製造混沌，以便在其中找到恩典。因為她相信《聖經》裡的話，上帝的光芒會在混沌中發出亮光，而祂的善好會照亮黑暗。可是，梅努因沒有停止發作痙攣。較大的孩子們不斷抽長，他們的健康像梅努因這個病人的敵人般，在母親的耳邊叫囂，好似健康的孩子是從疾病中汲取到力量，黛博拉因而討厭他們的喧鬧，他們緋紅的臉頰，以及他們筆直的四肢。不論日曬雨淋她都去墓地祈禱。她在滿布青苔、從祖先的骨頭裡長出的砂岩上磕頭，向死者祈願，以為自己聽到了無聲地撫慰的回答。回家的路上她充滿希望地顫抖，希望再看到兒子時，他是健康的。她無心於烹煮三餐的本分，爐上湯汁溢出，陶鍋破裂，鐵鍋生鏽，閃閃發亮的綠色玻璃杯因強烈撞擊成碎片飛濺，煤油燈的燈身變得烏漆抹黑，燈芯燒焦變成栓劑的形狀，幾星期累積的鞋底污垢堆積在地板上，鍋裡的肥油融化流失，鈕釦像冬天到來之前的樹葉，從孩子們的襯衫上掉落。

有一天，猶太的重要慶典來臨前一週（夏日生雨，雨又成雪），黛博拉把兒子裝在籃子裡，在他身上蓋上羊毛毯子，把兒子放到馬車夫薩梅施金（Sameshkin）的馬車上，要去有拉比（Rabbi：猶太牧師）居住的城市克盧日斯克（Kluczýsk）。馬車上坐板鬆鬆地放在乾草上，隨著馬車每次震動都往下滑。黛博拉只能用自己的重量去壓，但是坐板是活的，它試圖彈跳。銀灰色的泥濘覆蓋著狹窄彎曲的道路，路人的高筒靴以及馬車輪的一半都陷在這泥濘中。

雨水籠罩著田野，雨將三兩錯落的小屋上的炊煙打散，所有堅固的物體，例如從黑土中到處長出、像白色牙齒的石灰石，道路旁邊鋸開的樹幹，鋸木廠入口前分層疊放芬芳的木板，遇到落雨，都被無比纖細的耐心研碎滴穿。蓋滿水滴的黛博拉的頭巾，裹著梅努因的毛毯也不例外。但是他怎麼能被淋濕！黛博拉計算著：還要坐四個鐘頭的馬車才能到達目的地；若是雨下不停，她就必須在客棧前停下，曬乾毛毯，喝一杯茶，吃掉帶在身上、但是已經軟掉的罌粟籽麵包。這可能會花掉五戈比（Kopeke），五戈比！這可不是能掉以輕心隨便花出去的數目。總算上帝保佑，雨停了。融化的太陽褪著色在倉促流動像撕碎棉絮的雲上，不到一個小時，終於沉入新的、更深的暮色中。

當黛博拉抵達克盧日斯克時，黑夜已在那裡紮營。許多有難題的人已經來見過拉比了。克盧日斯克這個城市是幾千個低矮的稻草和隔板房屋，以及一公里長、像乾涸的湖般被建築物包圍的主要廣場組成的。散落停在廣場上的馬車讓人想起沉船殘骸，它們在圓形的廣闊空間中迷失了自己，這麼微小、毫無意義。解下套具的馬在馬車旁嘶鳴，並且用疲倦、叩叩叩的馬蹄踩踏著黏軟的污泥。零散可見有幾個男人搖晃著黃色的提燈，穿越黑夜去拿忘記取用的毯子和裝著乾糧叮噹響的餐具。廣場周圍幾千棟的小房子，都是安頓外地來的人的地方。這些外地人睡在當地人床邊的鋪位上，他們有久病臥床的、駝背的、癱瘓的、發瘋的、愚蠢的、心臟衰弱的、有糖尿病的、患有癌症的、有沙眼的、不孕的女人、有殘障兒的母親、即將入獄或入伍的男人、祈求成功脫逃的逃兵、被醫生拋棄的、被人類拋棄的、被世俗正義辜負的、悲傷的、渴望的、飢餓和飽餐的、欺騙的和誠實的人等等……

黛博拉住在丈夫在克盧日斯克的親戚家裡。她夜不成眠，整夜蹲在角落火爐旁梅努因的籃子旁邊；房間裡的光線昏暗，她的心也是灰的。她不敢再呼喚上帝，祂對她而言，似乎太高、太大、太遠，祂在無際天空無限遙遠的後面，她必須擁有數百萬禱告組成的階梯，才摸得到上帝的一角。她尋求先祖的幫助，呼喊爹娘、梅努因以其為名的祖父，然後是猶太最早的先祖亞伯拉罕（Abraham）、伊薩克（Isaak）和雅各（Jakob）以及摩西（Mosis）的遺骨，最後是先祖母們。只要有爭取到同情的可能，她就送去一聲嘆息。她敲遍數百座墳墓、數百道天堂裡的門。她怕因為來求的人太多，見不到拉比，她首先為擁有能夠及時向前擠上的好運祈禱，好像如此一來兒子的康復就會像孩子的遊戲一樣簡單。終於，她透過黑色百葉窗的縫隙看到幾道蒼白的晨光。她趕快起身，點燃放在爐子上的松木，將桌上的銅壺取來，將燃燒的松木放進去，她添了一些煤炭，兩手抓住銅壺的把手，彎下腰吹氣，直到火花飛散出來，在她的臉邊啪啪作響。她做著這些動作，彷彿在舉行一個祕密儀式一般。不久，水開了，茶滾了，全家人都起床了。他們坐在陶製的餐具前喝茶。黛博拉把兒子從籃子裡抱出來，他嗚咽地哭。她以一種令人發狂的溫柔飛快地吻他無數次。她溫潤的唇印擊在他灰色的臉上、細瘦的手上、彎曲的大腿上、隆起的小肚子上，彷彿她在用母親慈愛的嘴巴打孩子。然後她把他周身包裹好，用繩子綁一圈，把兒子掛在脖子上，這樣她的手就可以空出來，在拉比門前洶湧的人潮中擠出空間。

她尖聲一叫，投入等待的人群中，用殘酷的拳頭將弱者推開，沒有人能阻擋她。被她的手打到、推開的人想回擊時，回頭一看到她，沒有例外的，都被她臉上燒灼的痛苦、呼著灼熱氣息大張的血紅嘴巴、大而滾動的晶瑩淚珠、紅色火焰般燒亮的雙頰、尖叫聲爆發前在發直的脖子上已經凝聚的濃密藍色靜脈震懾住了。像一支燃燒的火把，黛博拉飛撲過來。隨著一聲足以推倒整個死亡世界，可怕寂靜的大叫，黛博拉撲倒在千辛萬苦終於到達的拉比門前，伸直右臂，手拉著門把，左手在棕色的木頭上拍打，梅努因則被拖在她面前的地板上。

有人把門打開。拉比站在窗邊，背對黛博拉，好似一條黑色窄長的線。突然間他轉過身來，黛博拉站在門檻上不敢再向前，雙臂抱著兒子舉高，彷彿帶來祭禮呈獻。她匆匆一眼，模糊地看見那個男人蒼白的臉，臉上似乎長著白色鬍鬚。她決心去注視聖徒的眼睛，為了確認強大的良善確實存在於他的眼中。但是她現在站在此處，眼睛裡卻蓄著一池淚水，她雖然看著他，卻只看見在他之前水和鹽結合的白色浪花。他舉起手，她看見兩隻瘦長的手指，它們是賜福的工具。儘管拉比不過是喃喃私語，她卻能感受、聽聞到拉比的聲音：

「梅努因，曼德爾的兒子，會好起來的。在以色列，像他這樣的人不會有很多。疼痛使他有智慧，醜陋使他良善，苦澀令他性格溫和，疾病使他堅強。他會目明、見識寬廣，耳聽聽聞八方。他如金的沉默，一旦開口，就吐露玉言。無憂無懼地回家去吧！」

「什麼時候，什麼時候，什麼時候他會好起來？」黛博拉低語。

「不知的未來，」拉比說，「別再問我了，我沒有時間，也不知道更多。即使妳的兒子是這麼大的負擔，也別離棄他，健康或者不健康，他都是妳生的。去吧！」

外面人群讓出道路給她。她的雙頰蒼白，不再有淚，嘴微微張開，似乎吸進的滿滿都是希望。心懷恩惠，她上路回家。

02

當黛博拉回到家裡，先生正在灶邊，勉強著自己生火炊煮。他簡單的思想只能集中在簡單的塵世事物上，眼裡容不下奇蹟。他嘲笑太太迷信拉比，他簡樸的虔誠不需要任何媒介力量橫在上帝和人之間。

「梅努因會好起來，只是需要很長的時間！」黛博拉向家裡宣布。「很長的時間！」像惡意的回音般曼德爾重複著。黛博拉嘆口氣，把籃子重新掛好。較大的三個孩子從外面玩回來，看到已經想念好幾天的籃裡的孩子，就衝過去猛烈地搖。曼德爾．辛格一手抓住一個兒子，約拿斯和哲麥耶。小女兒蜜嘉跑去媽媽那裡尋求庇護。曼德爾捏住兒子們的耳朵，他們痛得大叫。他把皮帶解下來揮舞，皮帶似乎仍然屬於他的身體，似乎是他的手自然的延長，曼德爾感覺到打在兒子背上的每一鞭。他的頭爆發出怪異的吼叫，妻子警告的尖叫聲落在他的咆哮中，猶如在狂嘯的大海裡倒進一杯水，根本沒有意義。

他自己的狀態，他沒有感覺。他揮動皮帶到處打，打在牆上、桌上、長椅凳上，他不知道，到底是落空的鞭打還是打中的鞭打讓他高興。壁上的掛鐘終於敲向三點，是他下午的學生來上課的時候。帶著空腹——因為中飯還沒有吃，以及仍在喉嚨裡，但被扼殺的激動，曼德爾開始上課，一個字一個字，一個句子一個句子唸著《聖經》。孩子們清脆響亮的聲音逐字、逐句重複著，好像《聖經》被許多鈴鐺敲響。鈴鐺似乎也前前後後在搖擺學子們的上半身，讓梅努因的籃子似乎也以幾乎相同的韻律擺動。今天曼德爾的兒子們也在課堂上，父親的怒氣噴灑湧出，然後冷卻，最終消失，因為兒子們在琅琅書聲中遙遙領先。為了測試兒子，他離開教室。孩子們的和聲繼續著，由兒子們領頭。他可以信任他們。

約拿斯，大兒子，強壯得像一隻熊。哲麥耶，老二，狡獪如狐狸。約拿斯走路莽撞，頭掛在前面，手臂下垂，鼓鼓的臉頰，永遠吃不飽，帽子邊緣捲髮瘋狂蔓生。跟隨他的是弟弟哲麥耶，走路輕緩幾乎像在蠕動，側臉輪廓尖削，眼睛明亮，瘦弱的雙手常埋在口袋裡。兄弟兩人之間從沒有爆發過爭吵，若是相距太遠，他們的王國和財產就被分開了，所以他們結成同盟。用錫罐、火柴盒、碎玻璃、牛角和柳樹枝，哲麥耶能做出奇妙的東西。約拿斯很可以鼓起一口氣就將這些吹倒、毀壞，但他卻讚佩弟弟精湛的技巧。他黑色的小眼睛像火花一樣，在兩頰之間閃著亮光，好奇而開朗。

在他們回來的幾天後，黛博拉決定，是時候從天花板上解開梅努因的籃子了。她慎之又慎地將小的孩子交給大的孩子。「你們帶他去散步。」黛博拉說。「他要是累了，你們就背他。上帝保佑千萬別讓他跌倒！聖人說，他會好起來。別弄痛他。」從現在起，是孩子們的痛苦折磨的開始。

他們像背著不幸般帶著梅努因在城裡穿梭，有時候他們把他晾在一旁不理他，有時候故意讓他跌倒。他們無法忍受當他們帶著梅努因散步時，跟在他們後面嘲笑的同齡孩子們。這個小孩必須被人扶著，他不能像正常人一般一隻腳放到另一隻腳前面走路。他搖擺著兩條像破了的輪胎一樣的腿，一停下腳步，他就會支撐不住跪倒。最後約拿斯和哲麥耶只好留下他不管，他們把他裝進一個袋子放在一個角落。在那裡他跟狗糞、馬糞、鵝卵石一起玩。他什麼都放進嘴裡吃。他把石灰從牆上刮下來，滿滿地塞進自己的嘴巴，然後咳嗽，臉變成藍色。像齷齪的糞土，他在角落紮營安穩求生。哥哥們把蜜嘉送去安慰他。溫柔、害羞又要引人注意的她，心裡帶著醜陋又嫌惡的憎惡，蹦蹦跳跳地靠近她滑稽可笑的弟弟。

她向可笑的弟弟走去。在她撫摸他灰白滿是皺紋的臉的溫柔裡，卻有凶殘的殺氣。她小心地環顧四周，左看看右看看，然後狠狠地掐一把弟弟的大腿。他一聲慘叫，鄰居聽到往窗外看，她馬上把臉扭曲成含淚的表情。所有的人都同情她，問她怎麼了。

夏日的某一天，這一天下雨。孩子們把梅努因帶出家裡，放進已經積蓄半年雨水的大桶裡。大桶中有蠕蟲游動、有水果殘渣、有發霉的麵包皮。他們抓著他彎曲的腳，把他的頭按進水裡好幾次。然後他們把他拉起來，興奮得臉紅心跳，帶著殘忍的期待，希望拉上來的會是死屍。但是梅努因還活著。他喘著氣，吐出水，蠕蟲、發霉的麵包與水果殘渣，繼續活著，他什麼事都沒有。然後孩子們帶著恐懼，默默地把他帶回家。上帝剛剛輕輕揮動的小指頭，讓兩個男孩和小女孩感到極度恐懼。他們整天互相之間沒有說一句話，舌頭像被綁在上顎。就算嘴唇分開，想說話，但是喉嚨裡卻發不出聲音來。雨停了，太陽出來了，路邊雨水形成的小溪在興高采烈地流淌，正是放紙船，看它游向運河最佳的時機。但是，什麼事都沒有發生。孩子們像小狗一樣爬回家去，整個下午他們都還在等，看梅努因會不會死，但是梅努因沒有死。

梅努因沒有死，他繼續活著，一個強壯的殘廢。黛博拉現在胸懷乾涸，不結果實了，梅努因是從她身體裡產出的、最後一個失敗的果實，彷彿她的肚子拒絕生產更多的不幸一般。她擁抱丈夫的時間變得短暫，短得像閃電一樣，而且是夏日天際遠處才有的乾燥閃電。漫長、殘酷和無眠是黛博拉的夜晚。一道玻璃高牆將她和丈夫分開。她的胸部萎縮，身體像在嘲弄她的貧瘠不育般腫脹發胖。她的大腿變得沉重，鉛塊垂掛腳上。

夏天的一個早晨，她比曼德爾早醒。窗臺上一隻鳴叫的麻雀吵醒了她。他如哨音般的鼾聲還在她耳邊，是夢想和幸福的回憶，就像一縷陽光的聲音。清晨溫暖的朝陽穿透木製百葉窗的孔洞和縫隙，儘管家具的輪廓在夜晚的陰影中仍然模糊，但黛博拉的眼睛明亮、所思堅強、所想冷靜。她看了一眼仍在熟睡的丈夫，發現他黑色鬍子裡的第一綹白髮。他睡覺時還會清嗓子，打呼。她迅速跳下床，跑到閃亮的鏡子前，用冰冷的、順頭髮的指尖整理髮量稀疏的頭頂，她將頭髮一綹又一綹拉到額前尋找白髮。她相信，唯一的一根白髮被她找到，她兩指捏著一用力，把頭髮拔掉。然後她在鏡子前解開釦子，看著她鬆弛的胸部，她把胸部捧高，又放下，用手撫摸貧瘠但仍然有曲線的肉體，看著她大腿上分支的藍色靜脈，決定回床上去。她一轉身，目光遇見丈夫一隻睜開的眼睛，嚇一大跳。「你看什麼？」她喊。他沒有回答，睜著的那隻眼睛似乎不屬於他，他其實還在睡覺，但眼睛卻獨自睜開，眼睛自主變得好奇般。眼白似乎比平常更白，瞳孔很小。這隻眼睛讓黛博拉想起結冰的湖，湖裡有黑點。這隻眼睛張開的時間應該還不到一分鐘，但是對黛博拉而言，這一分鐘猶如十年那麼長久。曼德爾的眼睛又再閉上。他繼續沉穩地呼吸，他在睡覺，毫無疑問。外面響起幾百萬隻百靈鳥一聲聲遙遠的鳴叫，越過房子上方，穿過天空之下。剛剛開始的這一天，酷熱已經滲進早晨還昏暗的房間裡。不久，時鐘就會敲六下，曼德爾早晨習慣起床的時間。黛博拉一動也不動，她仍然站在當她想回床上時會站的地方，原來背對鏡子處。她從來沒有就這麼站著傾聽過，沒有目的，沒有需要，沒有好奇心，沒有慾求。她什麼都不期待。但是她感覺她似乎必須等待某種特別的、她所有的感官從未有過的警醒，還有一些未知的、新的感知被喚醒，來支援舊的感覺。她看、她聽、她感覺一千遍，什麼都沒有發生。只有一個夏日的早晨逐漸展開，只有百靈鳥在不可及的遠處鳴囀，只有陽光硬擠進百葉窗縫隙的熱，家具輪廓旁邊愈來愈窄的陰影，時鐘的滴答滴答，準備撞擊六下，以及丈夫的呼吸聲。孩子們無聲地躺在灶爐旁邊的角落裡，黛博拉可以看見，但是又感覺很遙遠，似乎在另一個房間。什麼都沒有發生。即便如此，感覺仍像有無數的事情將要發生。時鐘敲響的聲音解脫了她。曼德爾醒來，在床上坐起身，奇怪地看著妻子。「妳怎麼不在床上？」他揉著眼睛問。他咳嗽吐痰，言行舉止裡完全沒有左眼睜開看見的痕跡。也許他忘了，也許黛博拉錯了。

從這一天開始，曼德爾與妻子之間就不再有魚水之歡。他們像兩個相同性別的人一樣上床睡覺，沉睡整夜，在早晨醒來。他們面對彼此時感到羞恥，並且像婚後最初時一樣的沉默。情慾開始之前是如此，情慾結束之後也是。

然後羞恥也被克服，他們又開始交談，也不再閃躲對方的眼光。以相同的節律如同雙胞胎一般，他們的臉和肉體一起老去。夏日漫長，除了讓人喘不過氣，還缺了雨水。門和窗戶大開，孩子們幾乎不在家裡。在外面有陽光的滋養，他們成長得很快。

甚至梅努因也在長大。他的腿雖然還是彎曲的，但是毫無疑問地比較長了。他的上半身同樣也在伸展。有一天早上，突然間，他發出從未聽過的尖銳喊叫，然後緘默下來。過了一會兒，他開口，清晰可聞：「媽媽。」

黛博拉衝過去，從她早已乾涸的眼睛裡流出淚水，溫熱、濃烈、偉大、鹹澀、痛苦而甜蜜的淚水。「叫媽媽！」「媽媽。」小兒子再叫了一次，之後又重複幾十次，黛博拉自己則重複了幾百次。她的祈求並不是白費的，梅努因說話了。這個畸形兒說出的一句話崇高如神的啟示，強大如雷電，溫暖如愛情，像蒼天一樣寬廣，大地一樣遼闊，像田野一樣肥沃，蜜果一樣甜美。這比健康兒童的健康還意味深長，這表示梅努因會變得強壯、有智慧和善良，像賜福者當時所說的那樣。

當然，梅努因嘴裡再沒有說出其他能讓人聽懂的話。很長一段時間，這個他在可怕的沉默之後才有能力說出的詞語，代表了飲食、睡覺和愛、愉悅與痛苦、天堂與大地的意思。雖然所有的時候他都只說這句話，但對他的母親黛博拉而言，他已經像講道的人一樣善於辭令，像詩人一樣富於表達。這句話裡隱藏的所有意義她都理解。她忽略其他的孩子，她背對著轉身不再看他們。她只有一個兒子，唯一的兒子：梅努因。

03

也許祝福的實現比詛咒需要花費的時間更長久。自從梅努因說出第一個詞，也是唯一一個詞以來，十年過去了。他還是不會說其他的話。

有時候，當黛博拉和她病殘的兒子單獨在家時，她會拴上門，在梅努因旁邊的地上坐下，直盯著兒子的眼睛。她想起夏天那個可怕的日子，那天女伯爵來到教堂前。黛博拉看到教堂敞開的大門，由千支蠟燭、色彩鮮豔花環纏繞的圖像組成的光芒，以及三位黑色鬍子、穿著法衣站在神壇前後揮動著白色的手的神父的光芒，穿透了白色、陽光明媚、塵土飛揚的廣場。黛博拉那時懷孕三個月。梅努因在她的肚子裡翻騰，小巧玲瓏的蜜嘉，她緊緊地拉著。突然間譟聲大起，淹沒了在教堂裡祈願的人的歌聲。大家聽到馬鞭馬蹄噠噠，塵土飛揚，女伯爵深藍色優雅的馬車停在教堂前。農夫的孩子們大聲歡呼，台階上的乞丐，不分男女，都蹣跚地迎向馬車，為了去親吻女伯爵的手。蜜嘉忽然掙脫她的手，跑得無影無蹤。在這樣的暑熱中，黛博拉卻全身顫抖發冷。蜜嘉在哪裡？她問遍農村裡每一個孩子。女伯爵已經下了馬車，黛博拉走近馬車，穿深藍色制服配銀色鈕釦的馬車夫坐得很高，他一定什麼都看得見。「您有看到一個在奔跑的黑頭髮小女孩嗎？」黛博拉拚命抬高頭問，陽光和制服的亮麗閃得她睜不開雙眼。車夫用戴著白色手套的左手指向教堂，蜜嘉跑進去了。

黛博拉想了一下，然後她進入教堂，進入金色光芒中，進入頌聲裡，進入管風琴雷響一般的樂音中。蜜嘉在入口處，黛博拉抓住孩子，把她拖到廣場上，跑下熾熱、白得發亮的樓梯，彷彿從火中逃出來。她想打孩子，但是她不敢。

她奔跑，把孩子拖在身後，跑到一條窄巷裡。現在她比較平靜了。「妳不可以跟爸爸說，」她喘著氣，「聽到了嗎？蜜嘉！」

從這一天起，黛博拉知道，災難就要來臨了。她懷著的，是一個災難。她很清楚，但是什麼都沒有說。她把門閂重新推回去，門被砰砰敲著，曼德爾回來了。他的鬍鬚早就變灰了。黛博拉的臉、身體和手也早就枯萎了。像熊一樣強壯而緩慢的是長子約拿斯，如狐狸一般狡獪而迅捷的是二子哲麥耶，羚羊般俏麗卻沒大腦的是女兒蜜嘉。她倏攸來去穿梭在巷道中，採買家用，高瘦苗條如一條閃亮的陰影，棕色的臉、紅色的豐唇，下巴下結著像翅膀揮舞的金黃色圍巾，面容裡的青春中一對老成的眼睛，這些都看在衛戍部隊軍官的眼裡，留在他們輕浮好色的腦袋中。有時候有些人會追逐她，而她從她的獵人那裡所感覺到的，除了剛好能透過感官的外門進來的印象之外，沒有其他：馬刺和衛軍銀色的哓噹聲、潤髮油和剃鬚皂正在消散的香味、金色鈕釦銀色鑲邊的刺目光芒和血紅色俄羅斯皮革製成的皮帶。很少，但是已經足夠。潛伏在感官外門之後的是蜜嘉內心的好奇心——青春的姐妹、情慾的預告。帶著甜蜜又熱烈的恐懼，女孩逃離她的追求者。為了享受這種痛苦、刺激的逃離，女孩躲避到更多的小巷，躲避得更久。她繞路回家，為了躲藏。為了再有逃躲的機會，不必要出門的時候蜜嘉也出門。到了街角她會停下回頭看，來引誘獵人。這是蜜嘉唯一的樂趣。即使有理解她的人在，她的嘴也會閉得緊緊的。因為只要保守祕密，快樂就會變得更加強烈。

蜜嘉還不知道，她與軍隊陌生而可怕的世界所建立的關係，是怎麼樣的充滿威脅性，已經開始在曼德爾・辛格、他的妻子和孩子們頭上集結的命運，又有多麼艱辛。約拿斯和哲麥耶已經到了根據法律應該入伍的年紀，並且根據傳統，他們必須代替父親，讓父親免去兵役。其餘的少年們被仁愛寬宏的上帝賜下身體的殘缺，雖然小有不便卻庇護他們不受邪惡侵脅。有些人是獨眼，有些人跛行，這個人疝氣、那個人無緣無故抽動胳膊和腿，有些人肺很虛弱，另外一些人是心臟虛弱，一個聽不太見，另一個結巴，而第三個就只是一般性的身體虛弱。

然而，在曼德爾．辛格家裡，小梅努因似乎接收了所有人類的折磨，雖然自然的仁慈天性，應該會將折磨在所有成員之間溫和地分配。曼德爾較大的兒子們非常健康，在他們身上找不到任何瑕疵，所以他們必須開始受苦、節食、喝黑咖啡，希望至少能暫時擁有衰弱的心臟，雖然對日戰爭已經結束。

也就是這樣，他們的苦難開始。他們不吃、不睡，他們疲憊不堪，發著抖拖過白天和晚上。他們的眼睛發紅發腫，他們脖子細瘦，頭沉重。黛博拉又疼愛他們了。她為較大的兒子們祈禱，又到墓地去朝聖。這次她為約拿斯和哲麥耶祈求的是希望能讓他們生病，就像以前她祈求生病的梅努因健康一樣。在她憂慮的眼中，軍隊像由光滑的鐵與嚴峻的酷刑組成的沉重大山一樣隆起。她看到屍體，到處都是屍體。金光閃耀，高不可攀的沙皇，用腳上有刺的靴子踩著紅血，等著他們的兒子犧牲奉獻。光是兒子們參加軍事演習，就讓她驚憂不已，無法想像再有戰爭。她遷怒丈夫。曼德爾．辛格，算什麼？一個教師，一個蠢笨孩子們的蠢笨教師。她現在所思所想，已不再像少女時候一般。然而曼德爾．辛格所受的苦，並不比妻子少。當猶太教堂安息日為沙皇舉行法律規定的祈禱時，曼德爾所想的是兒子們不久的將來。他腦中已經看到兒子穿著令人憎厭的帆布新兵訓練服，吃著豬肉，被軍官用馬鞭抽打。他們身上還佩帶武器和刺刀。他常常無來由地就嘆氣，不管是在祈禱中、課堂上，與沉默時。甚至陌生人也憂愁地看著他。沒有人問候他生病的兒子好不好，但是每個人都問他健康的兒子怎麼樣。

三月二十六號，終於，兩兄弟出發去塔吉（Targi）。他們兩個都抽到籤，兩個都有完美的健康，兩個都被收編。

他們在家只能再度過一個夏天，秋天就得入伍。在一個星期三他們成為士兵，而星期日他們返家。

星期日他們返家時，使用的是國家配給的免費車票，他們已經在花沙皇的錢。很多他們的同伴跟他們一起坐車，是一輛比較慢的火車，坐木板凳上的他們夾雜在農夫之間。農夫們唱著歌，而且已經喝醉。所有的人都吸黑色的香菸，煙霧中一起飄散的，還有對汗水遙遠的記憶。大家輪流說著故事。約拿斯和哲麥耶一刻也不分離，這是他們第一次坐火車旅行。他們經常對換位置，兩個人都想坐在窗邊，好欣賞風景。對哲麥耶來說，世界似乎是難以置信的遼闊，在約拿斯眼中景象卻很平坦，讓他覺得無聊。火車像在雪上滑雪橇一樣，順利駛過平坦的大地，窗戶裡置滿田野。色彩繽紛的農婦對他們招手，她們一群群地出現，車上的農夫對每一群都大聲呼喊，歡迎她們。黑衣、羞怯而膽顫的兩個猶太人坐在他們中間，被醉漢的放縱逼到角落。

「我想當一個農夫。」約拿斯突然開口。

「我不想。」哲麥耶回答。

「我想當一個農夫。」約拿斯重複道，「我想喝醉，和那邊的女孩睡覺。」

「我想做我自己。」哲麥耶說，「成為一個像我父親曼德爾．辛格一樣的猶太人，不是士兵，也不酒醉。」

「我有點慶幸自己將會成為士兵。」約拿斯說。

「你會找到你的快樂的！我想要的是成為有錢人，我想看遍世界。」

「什麼意思？」

「看遍世界，」哲麥耶解釋，「就是在大城市裡，坐街車穿過街巷，所有的店鋪都像我們那邊的憲兵營那麼大，櫥窗甚至更大，我在明信片上見過。商店不需要門就可以走進去，窗戶大得直抵你的腳下。」

「嘿，你們為什麼這麼不開心？」坐在對面角落的一個農夫突然叫起來。

約拿斯和哲麥耶假裝沒有聽到，或者假裝不知道他的問題是對他們提出的。當有農夫跟他們搭話，就裝聾作啞，這個習慣已經深入他們的血液。猶太人回答農夫，一定會壞事，這是千年以來的經驗。

「嘿！」農夫一邊說一邊站起來。

約拿斯和哲麥耶同時也站起來。

「對，我說的就是你們，猶太人。」農夫說。「你們還沒有酒喝嗎？」

「已經喝過了。」哲麥耶回答。

「我還沒。」約拿斯說。

農人從胸前拿出一個帶在外套下的瓶子。瓶子溫暖又滑溜，比起瓶裡所裝的東西，它更多散發出的，是農人的氣息。約拿斯把瓶子靠近嘴邊，露出鮮紅的嘴唇，棕色瓶子兩邊可以看見白色、堅固的牙齒。約拿斯不停口地喝，感覺不到弟弟輕悄悄地用手警告、撫摸他的袖子。像個大嬰兒一樣，他用雙手抱住瓶子。抬起的手肘上，襯衫摩擦變薄的布料微微發著白光。規律得就像機器上的活塞，他的喉結在脖子的皮膚下起落。所有的眼光都在看著這個猶太人喝酒。

約拿斯不支倒地，空瓶子從他的手裡掉到弟弟哲麥耶的大腿上。他人也跟著落下的瓶子往下沉，好像必須與瓶子走一樣的路。農夫將手伸出，不作聲地跟哲麥耶要回瓶子。然後，他用靴子慈愛地碰一下睡去的約拿斯的寬闊肩膀。

他們到達了帕德沃斯克（Podworsk），在這裡他們必須下車。到諸爾基（Jurki）還有七俄里（Werst），兩兄弟從這裡開始步行，誰知道路上是否會有人讓他們搭便車。所有的旅客都幫忙扶起沉重的約拿斯，當他站在火車外面時，酒醉的他也清醒了。

他們邁步前進。這時候是深夜，乳白色的雲層後面，月亮依稀可辨。白雪覆蓋的田野上，一個一個輪廓不規則的地面隆起，像火山口，春天彷彿從森林裡吹過來。約拿斯與哲麥耶快速地走上一條狹窄的小路。他們聽著靴下薄而脆的冰層發出微弱的啪啪聲，雙肩挑著綁在棍棒上白色、圓形的行李。有幾次哲麥耶嘗試跟哥哥說話，約拿斯不回答。他感到羞恥，因為他不但喝了酒，還像農人一樣醉倒在地上。他們走到一個小徑上很狹窄的地方，兄弟倆無法並行，約拿斯便讓弟弟先走。他很想一直讓哲麥耶走在他前面，小徑又變寬的時候，他的腳步也變慢，希望哲麥耶繼續走，不要等他。但是，弟弟好像害怕哥哥會走失。自從他看見約拿斯也會喝醉酒，他就不信任他了，他懷疑哥哥的理智，覺得自己對哥哥有責任。約拿斯猜到弟弟在想什麼，心中升起極大的無名之火。哲麥耶怎麼這麼可笑，約拿斯想。他瘦得跟鬼一樣，甚至棍子都握不住，他每一次調整肩上扛行李的位置，行李都有掉進土裡的可能。想到哲麥耶白色的行李包可能從滑溜的棍上掉到骯髒的土裡，約拿斯不禁大笑起來。「你笑什麼？」哲麥耶問。「笑你！」約拿斯回答。「我才有資格笑你好嗎！」哲麥耶說。他們再度沉默。杉樹林的黑暗逼近他們，寡言的氣氛似乎是從杉樹林來的，而不是他們自己。時不時有風從不定的方向吹過來，這些風無家可歸。柳樹叢在睡夢中擺動，枝椏乾燥斷裂，雲在天上倏忽掠過。「我們現在是軍人了！」哲麥耶忽然開口。「沒錯！」約拿斯說，「要不然我們是什麼？我們又沒有職業。難道我們要像爸爸一樣當老師嗎？」「比當軍人好！」哲麥耶說，「我可以成為商人，走遍世界！」「士兵也是世界，我可沒辦法作商人。」約拿斯說。「你喝醉了！」「我和你一樣清醒。我可以喝酒，同時保持清醒。我可以當兵，同時見識世界。我想成為農人，我告訴你——我並沒有醉……」

哲麥耶聳聳肩。他們繼續前行。接近早晨時，他們聽到遠處農家公雞在鳴叫。「那邊一定是諸爾基。」哲麥耶說。「才不是，那邊是巴托克（Bytók）！」約拿斯說。「隨便，你說是就是。」哲麥耶說。

一輛載貨車在下一個轉彎處的後面發出刺耳的吱吱嘎嘎聲。晨光還泛白，猶如剛剛的夜晚，陽光和月光分不出差別。雪開始下了，柔軟的、溫暖的雪。烏鴉乍然飛起，呱呱叫著。

「看，小鳥！」哲麥耶說，想要和哥哥講和。

「烏鴉啦！」約拿斯說。「還鳥咧！」他輕蔑地嘲笑。

「隨便！」哲麥耶說，「烏鴉就烏鴉！」

那個地方真的是巴托克。再過一個小時，他們會到達諸爾基，再三個小時，他們就到家了。

天愈加明亮，雪愈下愈厚，愈鬆軟，彷彿是上升的太陽在下雪似的。幾分鐘之後，整片大地都是白的。路旁幾株柳樹、散落田野的樺樹群都是白的、白的，只有這兩個年少的、努力大步走的猶太人是黑的。白雪一視同仁，也飄落在他們身上，但是雪在他們的背上似乎特別容易融化。他們黑色長衫的衣角飄動，下襬重重地、規律地拍打在高筒皮靴的筒身上。雪愈厚，他們走得愈快。迎面而來的農人走得非常慢，他們彎曲著膝蓋，人變成白色，白雪積落在他們寬闊的肩膀上，像粗壯的樹枝上積了雪，既重且輕。他們對雪很熟悉，就像步入故鄉一樣走進雪中。有時候他們停下腳步，像看什麼不尋常的跡象一樣，去看那兩個黑色的人影，雖然猶太人的樣子他們並不陌生。兄弟倆氣喘吁吁地回到家，暮色已經開始降臨。老遠他們就聽見小小學子琅琅的讀書聲。朗誦的聲音歡迎著他們，那是母親的聲音，父親的話語，朗誦聲為他們獻上他們全部的童年，它代表一切，它包含他們自出生以來的所見、所聞、所嗅和所感：學子的誦讀聲。聲音裡含有菜餚熱熱的、調味豐富的氣味，父親臉上和鬍鬚散發的黑白光澤，母親嘆息的回音，梅努因的咿咿呀呀，曼德爾·辛格夜晚的低語禱聲，以及百萬件無可名之的規律與特別的事情。當他們接近父親的房子時，兩兄弟同樣激動地接受從雪中向他們飄來的這個旋律，他們的心臟以相同的節奏在跳動。門在他們面前打開，透過窗戶他們早已看到母親黛博拉飛奔而來。

約拿斯沒有打招呼問安，直接說「我們被錄取了！」

突然，可怕的沉默籠罩了剛剛還縈繞書聲琅琅的房間，這個沉默沒有邊界，它比剛剛成為它的戰利品的這個空間更加強大，雖然這個沉默是來自剛剛約拿斯說出口的短短一個詞「錄取」。孩子們在所背誦的句子中間噤聲，在教室內來回踱步的曼德爾止步呆望，手臂舉起又放下。母親黛博拉在總是擺在爐灶旁、似乎早就在等待機會，接收一個哀傷母親的兩張矮凳中的一張坐下。蜜嘉，他們的女兒，手在身後摸索，並退到角落，心臟跳動大聲到讓她覺得大家一定都聽到了。學童全部在座位上被釘住般，他們穿著顏色鮮豔條紋羊毛長襪，學習時不斷擺盪的雙腿，現在都一動不動地吊掛在桌下。屋外，雪仍是不停地下，雪花柔軟的白色穿透窗戶將一抹慘白的微光注入教室，落在這些沉默的臉上。他們聽到幾次已經燒成焦炭的木頭殘餘在爐子裡發出劈劈啪啪的聲響，微風吹過時，門柱輕輕發出噠噠聲。木棍還在肩上，白色行李包還掛在棍上，兩兄弟站在門口，像是來傳達厄運的信差。黛博拉突然放聲大喊：「曼德爾，快，趕快去問人家怎麼辦！」

曼德爾．辛格伸手摸鬍子，沉默被解除，孩子們的腿開始輕輕擺盪。兄弟倆放下行李，卸下棍棒，走近桌子。

「妳在說什麼蠢話？」曼德爾．辛格說。「我快什麼？誰能告訴我怎麼辦？誰會幫助一個窮教師？用什麼幫我？上帝在懲罰我們，妳期待人家給妳什麼幫助？」黛博拉沒有回答。她繼續在矮凳上安靜地坐了一會兒，然後她站起來，像踢一隻狗一樣用腳將矮凳踢開，矮凳搖搖晃晃地向後倒。黛博拉去拿她那像羊毛小山一樣躺在地上的棕色圍巾，然後圍住頭和脖子，將頸背處的流蘇結實地綁成一個結，動作憤怒，好像要絞死自己一樣。她的臉脹得通紅，站在那裡嘶嘶作響，彷彿體內充滿了沸騰的水。突然間她開始吐口水，朝曼德爾・辛格腳下發射如有毒子彈般的白色唾沫。吐口水好像還不足以表示她對他的輕蔑，每吐一口都伴隨一聲無法完全聽懂、聽起來像是「呸」一樣的尖叫。大家還來不及驚訝，她已經用力打開大門，一陣惡風將白雪吹進室內，掃到曼德爾・辛格臉上，繞在孩子們垂掛的腿上。然後門又重重關上，黛博拉已經走了。

她沒有目標地跑著，一直走在所穿過的巷道中間，像一個黑褐色的巨人。她穿過白色的雪奔跑，直到她在雪中倒下。她將自己裹在衣服裡跌倒，然後以驚人的速度站起來，繼續奔跑，仍然不知道要跑向何方，但是她感覺到自己的腳似乎知道腦中還未察覺的目的地。暮色落下的速度比細雪還要快，第一道金黃已經閃著微鬱的光。從屋子裡出來關百葉窗的人轉頭去看黛博拉，看到忘了自己會冷。黛博拉的目的地是墓園。當她到達木製的圍欄時，她再次跌倒在地。她吃力地站起来，墓園的大門卻打不開，雪將它凍住了。黛博拉用肩膀去撞柵欄，把自己撞了進去。風呼嘯過墓碑，逝者今日仍然已死，暮色中夜晚迅速鑽出，一片黑暗直到被白雪照亮。黛博拉在第一排第一個墓碑前坐下，用凍僵的拳頭將墓碑上的積雪掃乾淨，好像想確保自己的聲音可以更輕易地傳達給逝者，如果她的祈禱和賜福人的耳朵之間的阻礙被除去的話。然後黛博拉一聲嘶喊，聲音似乎是從裝著人心的喇叭裡傳出。這聲吶喊，小城各處都聽見了，但隨即被遺忘，因為寂靜緊跟在這聲嘶喊之後，不會再被聽見。黛博拉間隔短暫地發出一聲一聲低沉的嗚咽，輕輕的、母親的嗚咽，被黑夜吞沒，被雪埋藏，只有逝者能聽見。

04

距離曼德爾．辛格住在克盧日斯克的親戚不遠的地方，住著的是卡普圖拉克（Kapturak），他是一個看不出年紀，沒有家庭，沒有朋友，靈巧敏捷、非常忙碌而又熟悉官方的人。黛博拉試圖尋求他的幫助。卡普圖拉克在聯絡客戶之前所要求的是七十盧布（Rubel），黛博拉只有二十五盧布，是她多年辛苦節省下來的，存放在只有她知道的地板下堅固的皮包裡。每當星期五她擦拭地板時，都會輕輕地將皮包拿出來。在慈母的希望中，短少的差額似乎比實際差額四十五盧布更接近。因為這筆錢中有她積累金錢的歲月，有她對每次可以拖欠半盧布時間的感謝，還有她默默數錢時的快樂。

曼德爾．辛格徒勞地對她描述卡普圖拉克不通融、難以接近，還有他堅硬的心腸和貪婪的錢袋。「妳想要什麼，黛博拉？」曼德爾．辛格說，「窮人是無能為力的，上帝不會從天上給他們下金石，獎券行裡他們不會中獎，他們所抽的籤是必須虔誠奉獻。上帝給你這個，又拿走那個。我不知道上帝為了什麼在懲罰我們，先是梅努因生病，現在又是健康的孩子們有難。啊！窮人犯了戒律，會過得糟糕，生病了，也過得糟糕。自己的命運要自己承擔！讓兒子們入伍吧，他們不會戰死的。沒有什麼力量能和天命抗衡，『祂發出雷霆閃電，祂是大地的穹蒼，沒有人能逃避祂。』——《聖經》不是這樣寫的嗎？」

但是黛博拉手拿生鏽的鑰匙串，插腰回答：「天助人助，這才是寫在《聖經》裡的話。曼德爾！你知道的，總是不對的句子。幾千行的句子在《聖經》裡，沒用的你全都記住！你變得這麼愚蠢，是因為你教的是孩子。你給了他們你僅有的一點腦子，而他們把愚蠢都留在你身上。你是一個貨真價實的老師，曼德爾，一個老師！」

曼德爾．辛格對他的大腦和職業並沒有特別感到驕傲，但是黛博拉的話還是激怒了他。她的指責慢慢啃噬他的善良，在他的心裡，憤怒的白色火焰已經在閃爍。他背過身，不想再面對妻子的臉。他似乎認識這張臉已經很久，比從結婚以來更久，也許童年時便已經認識。他感覺，這麼多年的時間和他結婚那天時都一樣。他沒有看到肌肉如何從臉頰上脫落，就像牆上粉刷過的灰漿一樣；鼻子旁邊的皮膚如何緊繃，為的是在下巴下更鬆散地摺皺；眼皮如何在眼睛上皺成網絡；眼瞳裡的黑墨如何淡化成疏遠、保持距離的棕色，如此淡定、理智而且不抱希望。有一天，他不記得有可能是什麼時候（可能也是那天，那個當他自己在沉睡，一隻眼睛卻驚嚇到鏡子前的黛博拉的那個早晨），就是有一天，他突然明白了。好像是一個第二次的、重複的婚姻，只是這次帶著醜陋、帶著酸澀、帶著妻子老去的年紀。他甚至感到它幾乎融入了他，無可分離直到永遠，但是令人無法忍受、折磨人的，還有一點仇恨。對他而言，她從在黑暗中與之結合的一個女人，變成了一種疾病，白晝黑夜都擺脫不了，她完全屬於你，你不再需要與世界分享她，並且會因為忠誠的仇恨她而滅亡。沒錯，他只是一個老師！他的父親也是老師，他的祖父也是老師。他自己怎麼能不是老師。辱罵他的職業，就等於是攻擊了他的存在，將他從世界的名單裡刪除。曼德爾．辛格必須反抗。

他其實很高興黛博拉要出門。就算她還在準備遠行，房子裡也已經沒人了。約拿斯和哲麥耶在外面鬼混，蜜嘉到鄰居家串門子或者散步。在家裡，中午時刻，在學生到來之前，只剩下曼德爾和梅努因。曼德爾在吃他自己煮的大麥糊，然後在陶盤裡留下相當多的剩餘給梅努因。他上了門栓，以免梅努因爬到門口。然後父親再走到角落，把孩子抱起來，讓孩子坐在膝上，開始餵他。

他愛這個安靜的時刻，他愛和兒子獨處。是的，有時候他會想，沒有母親、沒有兄弟姊妹，就只有他們兩個一起生活，會不會更好？梅努因一匙一匙地吃完大麥糊後，父親讓他坐到桌子上，他筆直地坐在兒子面前，懷著溫柔的好奇心，他專心致志地看著兒子額頭上有許多皺紋的寬闊淡黃色的臉，多重皺摺的眼皮和鬆弛的雙下巴。他試著去猜想，這個寬闊的大腦袋裡在發生什麼，藉由眼睛像透過窗戶去看入，也透過一會兒輕聲，一會兒大聲說話來吸引這個遲鈍的男孩發出反應。梅努因的名字他反覆叫了十次，用緩慢動作的嘴唇將聲音傳到空氣中，讓雖然聽不見聲音的梅努因可以看到這些聲音一般。但是梅努因沒有反應。接著曼德爾拿起他的湯匙，用它敲茶杯，梅努因馬上轉頭，一點小小的光芒在他大而灰白，又凸出的眼睛裡閃爍。曼德爾繼續敲，並開始唱一首歌，用湯匙和茶杯敲出節奏。梅努因表現出明顯的不安，自己費力地轉動他的大頭，擺盪他的腿。「媽媽，媽媽！」他跟著叫。曼德爾站起來，去取黑色《聖經》，在梅努因面前打開前幾頁，他在節奏中唱進第一個句子，就像他上課時教給學生的一樣：「起初，上帝創造了天地。」他懷著希望地等著，希望梅努因能複誦這句話，但是梅努因不做反應，只有他的眼睛裡閃爍的光芒依然在那裡。曼德爾放下書，悲傷地看著兒子，用平板的聲調繼續唱：

「聽我說，梅努因，我非常無依！你的哥哥們已經長大，成為陌生人，要去當兵。你的母親是一個女人，我能要求她什麼？你是我最小的兒子，我最後的希望在你身上。你為何沉默不語？梅努因！我真正的兒子是你！看這裡，梅努因，跟著我唱：『起初，上帝創造了天地。』」

曼德爾再等了一會兒。梅努因不動。曼德爾重新拿起湯匙敲茶杯。梅努因轉過頭，曼德爾好像要用雙手抓住甦醒的瞬間似的，繼續唱：「聽我說啊，梅努因，我年事已高！所有的孩子中只剩下你，梅努因！聽，跟著我唱：『起初，上帝創造了天地。』」但是梅努因仍文風不動。

曼德爾重重嘆口氣，讓梅努因重新回到地上。他把門栓重新推回去，來到門口，等待他的學生。梅努因跟在他身後爬到門前，在門檻處蹲下。鐘塔的大鐘打了七下，四下重響三下輕聲。梅努因這時發出叫聲：「媽媽，媽媽！」而當曼德爾轉頭去看時，他看到這個小孩將頭伸進空氣中，似乎在呼吸鐘響後所存留的共鳴響聲。為什麼我這樣被處罰？曼德爾想。他尋遍腦海，想找到自己的罪孽，但是找不到什麼嚴重的過失。學生來了，他跟著學生進屋。當他在教室裡來回踱步，警告這個，訓誡那個，打一下這個學生的指頭，戳一下那個學生的肋骨時，他一直不停地在想：罪在哪裡？罪孽藏在哪裡？

這個時候黛博拉去找車夫薩梅施金（Sameschkin），問他是否可以免費載她到克盧日斯克。「可以。」馬車夫薩梅施金說。他坐在火爐邊空著的長凳上，一動都不動，雙腳放在用繩子捆著的灰黃色袋子裡，身上有自製燒酒的味道。黛博拉聞到燒酒味如臨大敵，這個味道是農人身上危險的味道，難以理解的激情危險的味道，陪伴大屠殺的危險氣味。「好的，」薩梅施金說，「如果路況好轉的話。」「你秋天的時候已經載過我一次，那時候路況比現在還差。」「我不記得，」薩梅施金說，「妳弄錯了，那時候一定是乾爽的大夏天。」「絕對不是，」黛博拉回答，「那是秋天，而且下雨，我那時是去找拉比的。」「對吧，你看，」薩梅施金說，他在袋子裡的腿開始輕輕搖晃，因為爐邊的長凳相當高，而薩梅施金長得比較矮小，「妳看，」他說，「那個時候妳去找拉比，那是在你們的大慶典之前，我是那時候載妳的。妳今天並不是要去找拉比！」「我出門是為了一件重要的事。」黛博拉說，「約拿斯和哲麥耶絕對不能去當兵！」「我也當過兵，」薩梅施金說，「我當了七年兵，其中兩年在坐牢，因為我偷了東西，偷的是小東西，順便說一聲。」黛博拉不知道該怎麼辦，他說的話只證明了他之於她、之於她的兒子們，之於他們不偷東西也不坐牢的人，有多陌生。她決定快刀斬亂麻：「我要給你多少錢？」「一毛都不要！——我不要錢，我也不要駕車！我的白馬老了，棕色那匹突然兩只馬蹄鐵都掉了，而且牠跑兩俄里就要吃一整天的草料。我沒有能力再養牠，我要把牠賣掉。這根本就不是人過的生活，當馬車夫！」「約拿斯會親自帶棕馬去找鐵匠。」黛博拉不屈不撓地說，「他會自己付馬蹄鐵的錢。」「看看吧。」薩梅施金回答。「如果約拿斯自己做的話，他還必須幫輪子上鐵皮。」「好，這個也答應你。」黛博拉保證。「那我們下禮拜出發。」

於是她便出發去克盧日斯克找可怕的卡普圖拉克。她雖然寧願去找拉比，因為從他神聖的薄唇裡說出來的話，比卡普圖拉克的庇護更有價值。但是拉比在復活節和聖靈降臨節之間不見訪客，除非是攸關生死的緊急事件。她在小酒館裡見到了被農人和猶太人包圍著、坐在角落窗邊寫著東西的卡普圖拉克。他襯裡朝外敞開著的軟帽，像張開的手一樣躺在桌子上的文件旁邊。帽子裡早就躺著許多銀幣，這些銀幣吸引著周圍站著的人的眼光。卡普圖拉克時不時監視一下這些銀幣，雖然他知道，一個盧布都不會有人敢動。他幫不識字的人寫申請書、情書和郵政匯票——（除此之外他還協助拔牙和剪髮）。

「我有重要的事要和你談。」黛博拉在人群後面說。卡普圖克拉一把掃開桌子上的文件，人群散開，他伸手去拿帽子，將帽子裡的錢倒入圈著的手掌上，然後在手帕上把錢綁好，接著他請黛博拉坐下。

她看著他的小眼睛，冷酷得像獸角做的堅硬的淺色鈕釦一樣。「我的兒子們要入伍了！」她說。「妳這個可憐的女人。」卡普圖拉克用不帶感情、像在誦唱的聲音說，好像在照本宣科。「妳既沒有錢可以存，也沒有人可以幫助妳。」「不是的，我有積蓄。」「多少？」「二十四盧布又七十個戈比。為了來找你，我已經花掉了一盧布！」「也就是只有二十三盧布！」「二十三盧布又七十個戈比」黛博拉糾正他。卡普圖拉克舉起右手，張開中指和食指，問：「兩個兒子？」「兩個。」黛博拉小聲說。「一個二十五盧布！」「我呢？」——「妳也一樣！」

他們討價還價了半個小時。然後卡普圖拉克同意辦理一個收二十三盧布。至少救下一個！黛博拉想。但是，當她回途坐在薩梅施金的馬車上時，顛簸的車輪輾壓著她的內臟和她可憐的頭的時候，她感覺情況比之前更糟糕。兩個兒子要怎麼選？約拿斯還是哲麥耶？她不斷地問自己。一個總比兩個好，她的理智告訴她，她的心卻在哀泣。

當她回到家，兩個兒子聽她說卡普圖拉克的判定時，約拿斯——大兒子打斷她的話，說：「我願意去當兵！」

黛博拉、女兒蜜嘉、哲麥耶和曼德爾．辛格像木頭一樣愣住。終於，因為約拿斯沒有繼續說話，哲麥耶便說：「兄弟，你是好兄弟！」「不，」約拿斯回答，「我要去當兵！」

「也許半年後你就除役了！」父親安慰他。「不，」約拿斯說，「我不要退伍！我要留在軍隊裡！」

所有的人喃喃唸著晚禱。他們沉默地更衣。然後蜜嘉穿著睡袍，做作地踮著腳尖去把燈吹滅。他們躺下睡覺。

第二天早晨，約拿斯不見了。他們尋找他尋了一個上午。直到傍晚，蜜嘉才看到他。他騎著一匹白馬，身穿棕色外套，頭戴一頂士兵的帽子。「你是士兵了嗎？」蜜嘉喊道。

「還不是。」約拿斯邊說邊拉住白馬。「代我問候爸爸和媽媽。在入伍之前，我會暫時待在薩梅施金那邊。跟他們說，和你們一起在家我無法忍受，但是我愛你們大家！」

接著他用柳條吹了一聲哨音，拉起馬轡走了。

從現在開始，他是車夫薩梅施金的馬童。他給白馬和棕馬梳刷，和牠們一起睡在馬廄，張大鼻孔享受嗅聞牠們刺鼻的尿味以及馬汗騷味。他買來燕麥和澆水桶，修補牧欄，修剪馬尾巴，在馬軛上掛新鈴鐺，把水槽灌滿，兩輛馬車裡腐爛的乾草換成新鮮的乾草，跟薩梅施金一起喝酒，他喝醉了，就跟女僕們睡覺。

在家裡，大家因為失去他而哀悼，但是他不會被遺忘。夏天來了，又熱又乾燥。夜幕遲遲不垂下，黃光鋪滿大地。約拿斯坐在薩梅施金的茅屋前彈奏手風琴，他喝醉了，認不出有時會因猶豫偷偷前來看他的自己的父親——一道對自身感到害怕的暗影，一個不斷感到驚異，這個兒子是自己的骨肉的父親。

05

八月二十日，卡普圖拉克的一個信差來到曼德爾．辛格家，為了領走哲麥耶。這幾天來，大家都在等待這個信差。但是當信差真的站在他們面前時，他們卻又驚訝又震驚。他不過是個普通人，普通的高矮胖瘦、普通的外表，頭上戴著藍色士兵帽，嘴中叼著細細的捲菸。請他進來坐下喝茶，他拒絕。「我還是在外面等吧。」他說這句話的方式，讓人清楚他習慣在外等候，停在屋前。但是剛好就是這個人這種決斷的態度讓曼德爾．辛格家更加倉皇不安。他們愈看著這個戴著藍色軍帽的人像站衛兵一樣站在窗前，他們的動作就愈慌亂。他們打包哲麥耶的行李——一件西裝、皮帶、旅行用品與麵包刀。負責把東西拿過來的蜜嘉，她的腳步也愈拖愈慢。已經長到桌子高度的梅努因好奇地伸長脖子，下巴抵在桌上，不斷地喃喃重複他唯一會說的字：「媽媽。」曼德爾．辛格站在窗邊，敲敲玻璃。黛博拉無聲地哭泣，她的眼睛把一串接一串的淚珠送到扭曲的嘴邊。當哲麥耶的行李包好的時候，大家都覺得這個包袱太寒酸。他們無助的眼睛搜尋著房間，看能不能發現什麼。直到現在這個時刻，他們互相都沒有說話。而現在，白色行李包在桌上的棍子旁邊躺著，曼德爾．辛格從窗邊轉身面對房間，對他的兒子說：「只要有機會，馬上就給我們消息，千萬不要忘記！」黛博拉大聲哭出來，雙臂張開去擁抱她的兒子。他們互相環抱，久久無法放開。然後哲麥耶掙脫母親的懷抱，走近妹妹，在她的雙頰啵啵用力親下去。他的父親雙手高舉在他頭上祈福，快速地喃喃唸著無法聽懂的語句。接著哲麥耶膽怯地靠近瞪大眼睛看的梅努因。這是第一次他必須去抱這個有病的孩子，哲麥耶感覺，他不是在親吻弟弟，而是一個沒有答案的象徵。每個人都想開口說一些什麼，但是沒有人找到言語。他們知道，這次道別就是永遠。最好的情況是，哲麥耶完好無損地抵達外國。最糟的是，他在邊界被抓住，然後被判死刑，或是被邊防哨兵就地槍斃。生死離別之際，要說什麼？哲麥耶把行李扛上肩膀，用腳踢開大門。他不再回頭。他試著在跨過門檻的時候，就將這個家以及所有他的親人忘記。他的背後再次傳來黛博拉的哀號，門便關上了。帶著像感覺到母親已經昏倒在地的心情，哲麥耶走近那位來接他的人。「在市場廣場後面，」戴藍色帽子那個人說，「有馬在等我們。」當他們經過薩梅施金的茅屋前時，哲麥耶停下腳步。他看一眼小前院，再對敞開的、空盪盪的馬廄看一眼。他的哥哥約拿斯不在。他憂傷地懷想浪子哥哥，哲麥耶仍然相信哥哥是自願犧牲的。哥哥雖然粗魯無文，但是品德高尚，而且勇敢，他這樣想著，然後踩著一致的步伐繼續走在那個陌生人旁邊。

一過市場廣場他們就看到馬了，像那個人說的那樣。到邊界的路程，他們需要不只三天的時間，因為他們不能坐火車。在路途中，哲麥耶的同伴也證明了他對境內的一切很清楚。哲麥耶不用問他，他就指著遠處的教堂鐘塔說出它們所屬村莊的名字。他如數家珍地道出田地、莊園和所屬地主的名字。他經常從寬闊的大道上走入分支小路，並且在短時間內就分辨清楚方向。他彷彿想讓哲麥耶這個年輕人在離家尋找新的家園之前，再快速熟悉一次家鄉。他在哲麥耶的心田裡種下一輩子的鄉愁。

午夜前一個小時，他們到達邊境一個小酒館。這是一個沉寂的夜晚。小酒館是在他們面前唯一的房子，在寂靜黑夜中的房子，鈍啞、陰暗，門窗緊閉，在它之後無法察覺任何活物。百萬的夜蟲聲不斷地滋滋作響，是晚間低語的合唱。除此之外，沒有其他聲響。大地平緩，繁星點點的地平線畫出一道完美的深藍色圓，只有在東北部被一條光帶打斷，像鑲嵌在銀子上的藍色戒指。可以聞到的是遠處傳來、向西部擴散的沼澤濕氣，還有帶來這些濕氣的緩慢的風。「一個美麗的、真正的夏夜！」卡普圖拉克的信差說。這是第一次，從他們結伴以來，他說起正事：「像這種安靜的夜晚，要偷渡過去，並非總是沒有危險。對我們的行動而言，下雨比較有利。」他丟給哲麥耶的是微小的恐懼。因為他們面前的小酒館安靜地緊閉著，哲麥耶便沒有想到它代表什麼，直到他的旅伴說起他們要做的事，這才提醒了他。「我們進去吧！」他說得像一個不想再逃避危險的人。「不用急，我們要等的時間不會短！」

雖然這麼說，他還是靠到窗邊，輕敲木製的百葉窗。門開了，一道寬闊的黃光散出，照在夜晚的大地上。他們進門。在吧台後方吊燈的光束下站著酒館主人，正朝他們點頭，地上則蹲著一些人在擲骰子。在一張桌邊，卡普圖拉克和一個穿哨兵制服的人坐在一起。沒有人看他們一眼，只有骰子著地的聲音和牆上掛鐘滴答滴答響。哲麥耶坐下，他的旅伴去點喝的。哲麥耶喝了燒酒，覺得發熱了，但很鎮靜。他感到的安全是前所未有的。他知道他正在經歷稀罕的時刻之一，在這樣的時刻裡，比起命運給人的暴力，人更能創造命運。

午夜鐘聲敲過不久之後，一聲槍響，俐落尖銳，緩慢擴出的回音緊跟在後。卡普圖拉克和穿制服的人站起身。原來槍響是約好的暗號，用來告訴他們，邊界軍官的夜巡已經結束。穿制服的哨兵表示理解後，卡普圖拉克警示大家要動身了。每個人都懶懶地站起來，背上包袱行李。門打開，他們像水珠一般一滴一滴地融入黑夜，循著道路走向邊界。他們試圖歌唱，但是有人出聲制止，是卡普圖拉克的聲音。然而卻聽不出來，聲音是從隊伍的前方、中間還是最後面傳來的。他們於是沉默地踩過濃密的蟲叫，穿過夜的深藍。半個小時後，卡普圖拉克的聲音命令他們：「趴下！」他們便在遍地夜露的地上臥倒，維持不動，把狂跳的心臟，跟家鄉的土地告別的心，都壓在濕漉漉的大地上。然後他們被命令起身。接著他們來到一條淺而寬的溝渠，一道光在他們的左邊亮起來，那是哨兵小崗站的燈。他們越過溝渠時，身後響起只為盡盡義務、漫不經心的槍響，是哨兵放的。

「我們出來了！」一個聲音高喊。

這時，東方的天空開始發出亮光。這些男人轉過身面向仍是黑夜的家鄉，再回頭迎向白日與陌生的未來。

有一個人開始唱歌，接著所有的人都加入，唱著歌的他們一起邁步向前。只有哲麥耶沒有開口，他在思索他眼前將至的未來（他身上只有兩塊布），同時想念在家的早晨——再兩個小時，父親便會起身，喃喃唸完一篇禱告，清嗓子、咕嚕地漱口，走到碗邊舀水灑水。母親會生火、燒熱壺水。梅努因會咿咿呀呀地開始他的一天。蜜嘉則把白色的羽毛從她的黑髮中梳出去。這一切都歷歷在目，這麼清楚，連他在家時都沒有如此清晰，又好像他現在還在家，他自己也是家中早晨的一部分。他幾乎聽不見別人的歌聲，只有腳步跟著節奏一起行進。

一個小時後，他看到了第一個外國城市，看到了第一個煙囪冒出藍色的煙霧，看到一個戴黃色袖章的男人在迎接新來的人。一座塔鐘敲了六下。

辛格家的壁鐘也敲了六下。曼德爾此時起床，漱口、清嗓子、喃喃唸一篇禱文。黛博拉已經站在灶邊吹氣生火。梅努因咿咿呀呀不知道在說什麼，從他的角落出來。蜜嘉在亮眼的鏡前梳頭髮。然後黛博拉啜口熱茶，站著，仍在灶邊。「哲麥耶現在到哪了？」

她突然問。所有的人都在想他。「上帝會幫助他的！」曼德爾・辛格說。同時天也大亮，一天開始了。

接下來的日子也一一來臨，空白的、憂愁的日子。一個沒有孩子的家，黛博拉想。所有的孩子都是我生的，所有的孩子都是吃我的奶水長大的，一陣風來就把他們吹走了。她環顧四周尋找蜜嘉，她很少會在家裡找到女兒。只有梅努因會留在母親身邊，他永遠對她雙臂張開，當她經過他的角落。而且當她親吻他時，他仍像嬰兒一般找尋她的胸脯。她充滿怨懟地想那個如此緩慢還不實現的賜福，懷疑她這輩子是否還能見到梅努因健康起來。

當琅琅吟誦的學童停止唱誦，房子裡便不再有聲音。天色寂靜陰暗，冬天又到了。為了省燈油，大家都早早就去睡，感恩地沉入美好的夜晚。約拿斯時不時送來問候。他在普斯科夫（Pskow）服役，他像往常一樣身體健康，與上司間也沒有任何麻煩。

於是，一年一年就這麼過去。

06

一個暮夏的下午，一個陌生人來到曼德爾．辛格的家中。門和窗都是敞開的，飽食的黑色蒼蠅靜靜地貼伏在向陽熱辣的牆面上，學童的誦讀聲湧出敞開的門窗，奔向灰白的巷弄。學童們突然發覺有一個陌生人站在門口，都沉默下來。黛博拉從矮凳上站起來，巷子另一頭，蜜嘉牽著搖搖擺擺的梅努因正急迫地跑過來。曼德爾．辛格站在陌生人面前，打量著他。這是一個奇異的男人，他戴著威武的黑色圓頂寬邊帽（Kalabreser），穿著寬大、淺色輕盈飄逸的長褲和黃色體面的長靴，鮮紅色的領帶在他深綠色的襯衫上像旗幟一般揮舞著。他動也不動地說了一些話，顯然是問安，但是用的是不能被理解的語言。這個語言聽起來像他含著一顆櫻桃在說話，反正綠色的果梗也從他的外套口袋裡伸出來。他平坦、過長的上嘴唇像窗簾一樣往上收，露出強壯的黃色牙口，讓人一看就聯想到馬。孩子們大笑，連曼德爾．辛格都忍不住莞爾。陌生人拿出一張長方形的折疊信，以他自己獨特的方式讀出地址以及辛格這個姓氏，讓大家更是笑不可遏。「亞美利堅！」這個人說完，就把信遞給曼德爾．辛格。一個好的預感在曼德爾心裡升起，他的臉上一亮。「哲麥耶！」他說。手一揮，像趕蒼蠅一樣，他讓學生下課回家。學生跑出去，這個陌生人坐下。黛博拉將茶、糖果和檸檬水擺上桌。曼德爾．辛格拆信，蜜嘉也坐下。接下來辛格便開始唸信：

「親愛的父親、親愛的母親、尊貴的蜜嘉和好梅努因！

約拿斯我就不問候了，因為他在軍隊裡。我也要請求你們，別把信直接寄給他，因為如果他和逃兵弟弟有聯絡的話，這會讓他陷入不利的情況。也因此我等待了很久，也不經由郵局給你們寫信，直到我終於有這個機會，能夠請我的好朋友馬克（Mac）把信送去給你們。我跟他講過你們的事，他認識你們每一個人，但是他無法跟你們溝通，因為他不只是一個美國人，甚至他的父母也都是在美國出生的，而且他也不是猶太人。但是他比得過十個猶太人。那我就從這裡開始跟大家敘述，從開始到今天發生的事：首先，當我越過邊界時，我沒有吃的，口袋裡只有兩個盧布，但是我相信，上帝會幫助我。特里斯庭船運公司（Triestine Schiffsgesellschaft）派一個戴官方帽子的人到邊境來接我們。我們有十二個人，另外十一個人都有錢，他們給自己買了假證件和船票。船運公司的經紀人就帶他們上火車，我也跟著。我想，這樣也不會有什麼損失。我跟著他們，無論如何我可以看到，要去美國應該怎麼辦。我落在他們後面，獨自與那個經紀人在一起。他覺得很奇怪，為什麼我不一起坐船走。『我沒有錢。』我告訴經紀人。他問我，我是否能夠讀寫。『一點點。』我說。『也許這樣就夠了。』好了，我不跟你們囉嗦這麼多了，這個人給了我一份工作。這個工作要做的是：每天當有逃兵到達邊境時，去接他們，幫他們買東西，並且說服他們相信在美國到處流淌著牛奶和蜂蜜。好了，我開始工作，但收入的百分之五十必須交給經紀人，因為我只是他的下線。他戴的帽子上有金色的絲線，繡著公司的名字，而我只有一個臂章。兩個月之後我跟他說，我要分百分之六十，否則我就不幹了。他答應了。簡而言之，我在房東那裡認識了一個漂亮的小姐，她叫薇佳（Vega），而現在她已成為你們的媳婦。她的父親給了我一點錢，用這些錢我開始做生意。即使可以，但我無法忘記另外那十一個人是如何到達美國，而我是如何被一個人留在這裡。於是我先跟薇佳告別，對船我很熟悉，畢竟那是我的職業——所以我也去了美國。我現在人在美國，兩個月前薇佳也到了，我們結了婚，過得很幸福。馬克口袋裡有照片。一開始我只會縫褲子上的釦子，然後我可以燙褲子，接著我可以把襯裡縫進袖子裡，我幾乎要成為一個裁縫了，像在美國所有的猶太人一樣。但是有一次去長島（Long Island）玩的時候，在拉斐特堡（Fort Lafayette）那裡認識了馬克。等你們來的時候，我再帶你們去那裡看看。從那時起，我開始和他合作。我們什麼生意都做，直到開始做保險。我跟猶太人拉保險，他則跟愛爾蘭人拉。我甚至也有幾個基督徒客戶。馬克會把我轉交的十美元給你們，請用這些錢買些旅途用品，因為不久之後，我就會寄船票給大家，在上帝的幫助下。

我擁抱親吻你們大家，

你們的兒子哲麥耶

（在這裡我叫山姆（Sam））」

曼德爾．辛格唸完信之後，屋子裡似乎出現一種可聞的靜謐，這個靜謐猶如夏天的尾聲，從這裡面所有的家人都覺得好像聽到去移民的兒子的聲音。是的，是哲麥耶自己在述說，在那遙遠的世界那一頭的美國，此時那兒也許是黑夜或是早晨。霎時，所有的人都忘了馬克的存在。他似乎隱身在遙遠的哲麥耶身後，就像一個完成信件交付的信差，繼續下一處任務並消失無蹤。但是他，這個美國人，卻必須讓眾人回想起自己。他站起來，手伸進口袋，像一個魔術師準備要施展神奇的魔術一般。他掏出皮夾，從裡面拿出十美元以及照片。在一張照片上，哲麥耶和他的妻子薇佳在綠色草地的一張長椅上；另一張則是獨自一人穿著泳裝在沙灘上，是十幾個奇怪的身體和面孔中的一個身體和一張臉，這個人不再是哲麥耶，而是山姆。好像要測試每個人的可信度，簡單地打量了所有這些人之後，這個陌生人將鈔票和照片交給黛博拉。她一隻手把紙鈔捏成一團藏在手裡，另一隻手把照片放在桌上的信旁邊。這些發生持續了幾分鐘，這期間大家依然沉默不語。終於，曼德爾．辛格手指照片，說出：「這是哲麥耶！」「哲麥耶！」其他人重複說出他的名字。就連已經比桌子高的梅努因也發出了一聲清脆的嘶吼，用鬥雞眼般小心翼翼地對照片投出害羞的眼光。

曼德爾．辛格突然感覺這個陌生人不再是陌生人，他感覺他可以了解他怪異的語言。「請跟我說些話吧！」他跟馬克說。而這個美國人似乎明白了曼德爾的話，開始動他的大嘴巴，歡快熱情地講述著難以理解的事情，就好像他帶著神賜的胃口在咀嚼美味的食物。他告訴辛格家，他因為做啤酒花生意——他想在芝加哥建立釀啤酒廠——到俄羅斯。但是辛格家聽不懂他說什麼。他既然已經到這裡來了，就不想錯過拜訪高加索（Kaukasus）的機會，尤其是攀登他在《聖經》中已經詳細閱讀過的那座亞拉臘山（Ararat）。他們為了從馬克整個轟隆隆的混亂述說中尋找微小可理解的音節，所以全神貫注、緊張的傾聽，當亞拉臘山這個他們熟悉的詞怪異地出現時，這個詞不但發音被改得面目全非，而且又從馬克口中瀕危、可怕的咆哮出來，他們的心都顫抖起來。光曼德爾·辛格一個人就止不住發笑。他覺得這個現在也變成了他兒子的話語，語言聽起來很舒服，當馬克在講話時，曼德爾也試著想像兒子在說相同的字句時，看起來是什麼樣子。然後很快的，從陌生人歡快、磨坊似的嘴裡所說出的話語中，他彷彿也聽到兒子的聲音。

這個美國人結束他的演說，繞著桌子走一圈，跟每個人誠摯熱切地握手。他猛地將梅努因舉高，觀察他歪扭的腦袋、瘦削的脖子、藍色毫無生氣的手、彎曲的腿，然後以溫柔深思的輕蔑表情把他放回地板，好像想表達，這個怪異的生物應該要在地上爬，而不是站在桌子旁邊。然後他手插在口袋裡，踏著大步，有點搖擺地從開著的大門走出去，家中所有的人都簇擁在他身後。當他們望著灑滿陽光的巷子時，都舉起手來遮光，馬克在巷子中間往前走，到了巷子盡頭停下腳步，為了轉過身向他們回禮、揮手致意。

馬克消失後良久，他們仍站在外面。把手舉在眼睛上方，他們望著空盪盪的街道上滿是塵土的光芒。終於，黛博拉說：「現在他走了！」好似陌生人才剛離開般，所有人都回到家，每個人都摟著另一個人的肩膀，肩並肩站在放著照片的桌前。「十美元是多少錢？」蜜嘉問，並開始計算。

「無所謂，」黛博拉說，「不論十美金是多少錢，我們都不會用它去買東西的。」
「為什麼不？」蜜嘉回答。「難道我們要穿著我們身上的破爛旅行嗎？」
「誰要旅行？去哪裡？」母親喊道。
「去美國啊！」蜜嘉微笑地說，「山姆自己這樣寫的。」
家中第一次有人把哲麥耶叫做山姆，蜜嘉似乎是為了支持全家人去美國的要求，而故意把哥哥的美國名字說出來。
「山姆！」曼德爾．辛格吼道：「誰是山姆？」
「對呀！」黛博拉重複：「誰是山姆？」
「山姆，」蜜嘉臉上仍然掛著微笑說：「是我在美國的哥哥，你們的兒子！」
父母親都沒有說話。
梅努因的聲音突然從他藏身的角落裡尖銳地響起。
「梅努因無法旅行！」黛博拉說，聲音這麼輕，好像怕病人能夠聽懂似的。
「梅努因無法旅行！」曼德爾重複著，也一樣的輕聲。
太陽下沉得似乎很快速。在每個人透過敞開的窗戶都能看見的對面牆壁上，黑色陰影明顯在升高，好像大海在漲潮時逼近它的堤岸。輕風吹起，鉸鏈上窗扇在嘎嘎作響。

「把門關上，起風了！」黛博拉說。

蜜嘉走到門邊，在她舉手碰門之前，她還靜靜站了一會兒，把頭伸出門外，看著馬克消失的方向。然後蜜嘉又重重地關上門，說：「風吹的啦！」

曼德爾站在窗前，看著黃昏的影子爬上牆，抬首望著對面灑著金光的屋脊。他一直這樣站著，很久很久，背對著房間、他的妻子、他的女兒蜜嘉和病殘的梅努因。他感覺得到他們全部的人，也感覺得到他們的一舉一動。他知道黛博拉把頭靠在桌子上哭著，蜜嘉把臉轉向爐灶，她的肩膀一上一下在抽動，雖然她根本沒在哭泣。他知道，他的妻子在等他伸手去拿祈禱書，她就可以離開並去教堂祈禱；而蜜嘉就可以圍上黃色圍巾也離開去鄰居家。然後黛博拉還要將她手上仍然揣著的十元美金鈔票藏到地板下，曼德爾．辛格知道那塊地板。每當他踩到那塊地板時，它就會吱吱作響，洩漏它所掩蓋的祕密，也讓他想起薩滿施金一直綁在馬廄前那隻狗的咆哮。曼德爾．辛格他知道是這塊地板。為了不去想薩梅施金那隻讓他害怕的黑狗——罪惡具體的身形，所以如果他不是剛好忘記，或者在屋子裡走上走下地教學，他都避免去踩到那塊地板。他就這麼看著金色的光線越來越窄，從屋脊滑到屋頂，再滑到白色的煙囪，他相信他這一輩子第一次清晰感覺到歲月的悄無聲息和狡詐的滑溜。日夜和夏冬都永恆交替的狡猾、陰險，而生命的流淌，千篇一律，沒有變化，不論是預期的或是不預期的，迎來的都是驚嚇。它們在多變的岸邊生長，曼德爾・辛格與它們擦身而過。有一個人從美國來到，笑著帶來哲麥耶的一封信、美金和照片，接著又消失在模糊的遠方。兒子消失不見：約拿斯在普斯科夫給沙皇當兵，不再是約拿斯；哲麥耶在大洋岸邊游泳，名字不再是哲麥耶。蜜嘉望著美國人的背影，也想去美國。只有梅努因還在，梅努因仍然是梅努因的樣子，從他出生那天起一直都是：一個殘廢。還有曼德爾・辛格，他也仍然是他：一個老師。

窄巷裡終於完全暗下來，並且熱鬧起來。玻璃裝配師傅柴姆（Chaim）的胖太太和早就去世多年的鎖匠喬塞爾科普（Jossel Kopp）的九十歲祖母從家裡搬了她們的椅子出來，坐在門前，享受清新的夜晚。猶太人是行色匆匆的一團黑影，一邊嘴裡含糊問好，一邊趕去教堂。曼德爾・辛格因此轉身，他也想出發上教堂。他經過頭仍低垂在堅硬桌子上的黛博拉。她那張臉，曼德爾多年來早已無法忍受的臉現在埋著，彷彿已經嵌入堅硬的木頭裡，開始掩蓋房間的黑暗也掩蓋了曼德爾的強硬和羞赧。他的手拂過這個女人寬闊的背，現在非常陌生但是曾經一度熟悉的肉體。她起身說：「你祈禱去！」但是因為在想別的事情，所以用有距離的語氣稍稍改變這一句話，重新又說：「你去祈禱吧！」

蜜嘉戴著黃色圍巾和父親一起離開了家裡，跑去鄰居家。

這是埃波月（Ab）的第一週，猶太人在晚禱之後，會聚集在一起迎接新月，而且因為夜晚是舒適的，是炎熱的一天過後令人感覺清新的時刻，因此他們比平時更願意跟隨他們的信仰之心和上帝的命令，在天空比起城鎮來說更狹窄的街道上空，到更廣闊的空曠地方迎接月亮的重生。他們匆忙且無聲、黑沉沉地隨機結隊走到房子後面，看到遠處永遠在自己根深柢固的存在中，像他們一樣無聲、黑沉沉的森林，看到廣袤原野上低垂的夜幕，最後終於停下來。他們抬頭仰望天空，尋找今天又重生的彎彎的銀色新月，猶如它被創造那一日一樣。他們組成一個緊密的圈子，打開他們的祈禱書，書頁閃著白光，方形的文字在藍夜的清晰中，凝視著眼前的黑色人影。他們開始喃喃地向月亮低聲問候，並來回搖晃他們的身體，看起來似乎身在一場無形的風暴中。他們搖擺的速度越來越快，祈禱的聲音越來越大，帶著宣戰的勇氣，將祖先的語言拋向遙遠的天際。他們所站之處之於他們是陌生的，面對著他們的森林是陌生的，狗的吠叫是惡意的，狗警覺的聽覺喚醒他們，只有今日仍猶如先祖時代誕生的月亮是可信的，既護衛家鄉又照看流亡的世界，監視所有的地方。

一聲響亮的「阿門」之後，他們結束祈禱，互相伸手交握，祝福對方有一個幸運的月分，生意興隆，身體健康。他們分開，各自回家，消失在小巷裡，他們簡陋小屋的小門之後。只有一個猶太人曼德爾．辛格，還站在原地。

他的同伴們應該只有離開幾分鐘，但是他卻感覺自己已經單獨站在那裡一個小時了。他呼吸著不被打擾的自由空氣，走幾步路，覺得累，想要躺倒在草地上，又害怕這塊不熟悉的土地，以及土裡藏著危險的蟲。他想到失落的兒子約拿斯，他現在應該睡在一個軍營裡，也許在馬旁邊。他的兒子哲麥耶則生活在海的那一邊：誰離得比較遠？約拿斯還是哲麥耶？在家裡，黛博拉已經把美金埋藏起來，蜜嘉現在正在跟鄰居講述美國訪客的故事。

年輕的新月已經散發出強烈的銀色光澤，天上忠實明亮的星星陪著它在夜中滑行。狗偶爾的嚎叫聲音驚嚇到曼德爾，撕裂了地上的平和，更增強曼德爾．辛格的不安。雖然離城鎮的房子不過五分鐘的距離，他卻感覺離習慣的猶太世界無限遙遠，無以言喻的孤獨也被危險威脅著，但是無法回去。他轉向北去：那裡陰暗的森林在呼吸著。右邊散落著銀色柳樹的沼澤綿延幾俄里遠，左邊田野躺在蛋白色月幕下。曼德爾覺得，他幾次聽到不知何處傳來的人聲。他聽到認識的人在交談，而且感覺自己都能聽懂。然後他記起他早就聽過這場對話，他明白了，原來現在他聽見的只不過是這場對話的再現，只不過是它在他的腦海裡潛伏已久的回聲。

突然間，左邊的麥田裡發出沙沙聲，雖然並沒有起風。沙沙聲愈來愈近，曼德爾現在也可以看到，有人那麼高的穗枝在動，如果那不是一隻大獸，或者怪物的話，田裡一定有人在行走。應該趕快跑開才對，但是曼德爾在等待，而且準備迎接死亡。一個農夫或一個士兵可能會從田裡走出來，指責曼德爾盜竊，並當場打死他——用的也許是石頭。或者出來的也可能是一個流浪漢，一個兇手或是一個不想被偷聽和監視的罪犯。「我的上帝啊！」曼德爾低語。然後他聽到了聲音。那是兩個人正在穿越田地，並不是只有一個人，這讓這個猶太人感到放心，儘管同時他告訴自己，有可能兩個都是謀殺犯。不，這兩個人並不是謀殺犯，而是一對情人。一個女孩的聲音在說話，一個男人的聲音在笑。即使是情侶也有可能是危險人士。有很多例子顯示，一個男人如果抓住他的戀情的目擊者時，也會失控。這兩個人就快要從田裡走出來了。曼德爾．辛格不顧自己對地上蠕蟲的驚恐厭惡，輕輕躺下，眼睛盯著田裡。接著穗枝分開，那個男的先走了出來。那是一個穿制服的男人，戴著深藍色帽子，是一個穿著帶馬刺靴子的士兵，馬刺閃著微光，並且輕聲作響。他身後亮起一條黃色圍巾，一條黃色圍巾，一條黃色圍巾。一個聲音響起，女孩的聲音。士兵回身，將手臂圍住她的肩膀。圍巾解開，士兵走到女孩身後，手撫上她的胸部，女孩靠入士兵的懷裡。

曼德爾閉上眼睛，讓這個不幸在黑暗中過去。如果不是害怕會暴露自己，他會塞住耳朵，這樣他就不必聽到了。但是他卻必須聽著：可憎的話語，馬刺刺耳的銀色叮噹聲，低聲劇烈的咯咯笑聲和男人的笑聲。他現在渴望等待狗吠叫起來。狗卻不怎麼大聲嚎叫，狗應該要很大聲地嚎叫啊！謀殺犯怎麼不從田裡出來把他打死。聲音走遠，死寂一片，一切都過去了，好像不曾發生。

曼德爾・辛格連忙起身，環顧四周，雙手拉起長衣的邊角，向小鎮的方向跑去。百葉窗都關上了，但門外仍然有幾個女人坐著在聊天。他放慢腳步，不想引人注目，邁著又長又快的步子，長衣的一角還握在手裡。他站在家門前，敲了敲窗戶。黛博拉打開窗戶，「蜜嘉呢？」曼德爾問。「她還在外面散步。」黛博拉說，「她根本拉都拉不住！不分晝夜地去散步，在家的時間幾乎沒有半個小時。上帝用這些孩子在懲罰我，世界上曾有——」「閉嘴！」曼德爾打斷她，「蜜嘉要是回來了，告訴她我在找她。我今天晚上不會回家了，明天早上再回來。今天是我祖父扎萊爾（Zallel）逝世周年，我要去祈禱。」沒有等妻子回答，他就離開了。

從他之前離開教堂到現在，時間過去應該還不到三個鐘頭。而今，他再踏進教堂時，感覺卻像相隔了好幾個禮拜。他溫柔地撫摸他老舊的祈禱台蓋，慶祝與它的重聚。他把蓋子打開，伸手去拿他老舊、黑而重的《聖經》，這本書的居所就在他的手上，這本他在幾千本一樣的書裡，能夠毫不猶豫認出來的書。書的皮革帶有因為燭蠟造成的圓形小丘表面凸起、封面上有無數早已燒焦的蠟燭殘餘結痂的光滑度，還有書頁下端多孔、黃色、油膩、透過幾十年濕潤的手指翻頁造成三重捲曲的角落，他也非常熟悉。他需要的禱文，任何時候他都能夠瞬間打開找到。這本書所記錄的所有祈禱篇章都以最微小的面貌埋在他的腦海中，每篇有多少行數，字體印刷的類型和大小，以及每頁是什麼顏色。

在教堂裡光線昏暗，捲軸經書櫃旁的東邊牆面，蠟燭的黃光無法逼退黑暗，反而像是躲在黑暗中。窗外可以看見天空和幾點星星，室內所有的物件也能被辨認，祈禱台、桌子、長椅、地上的碎紙、牆上的燭台、金色流蘇桌巾。曼德爾・辛格點燃兩支蠟燭，把它們牢牢地黏在祈禱台光裸的木頭桌上，閉上眼睛開始祈禱。即便閉著眼睛他也知道，一個頁面即將結束，他機械性地翻開新的一頁。逐漸地，他的身體進入習慣性的、規律性的擺動，全身跟著這個擺動，腳在地上拍打，雙手緊握成為拳頭，像錘子一樣敲打桌子、胸口、書本和空中。一個無家可歸的猶太人睡在爐邊的長凳上。他的呼吸陪伴支持著曼德爾．辛格單調的誦唱，這個誦唱是當時黃色沙漠中渴切的吟誦，孤獨、伴隨死亡。被自己的聲音和一旁沉睡的呼吸聲麻醉的曼德爾，他心中所有的念頭也都被驅逐，此時的他，全身心只不過是一個祈禱者，祈禱文透過他往天堂而去，他只是一個空心的容器，一個漏斗。他就這樣祈禱著，直到早晨。

天光在窗邊飄浮，燈光變得可憐又黯淡。從低矮的小屋後面已經可以看到太陽升起，陽光把教堂東邊的兩扇窗戶都染上紅色的火焰。曼德爾掐滅蠟燭，收好書，睜開眼睛，轉身出去。他走到外面，聞到夏天的氣息、乾涸的沼澤以及甦醒的綠。百葉窗仍然緊閉，人們還在睡夢中。

曼德爾在家門上敲了三下。他整個人清新、強壯，彷彿睡了一個無夢的長覺。他清楚地知道該做什麼。黛博拉打開門。「給我泡一杯茶。」曼德爾說，「然後我要跟妳談事情。蜜嘉在嗎？」「當然在，」黛博拉回答，「要不然她會在哪裡？你覺得她已經在美國了嗎？」

茶壺嘟嘟作響，黛博拉對著玻璃杯吹一口氣，把它擦得晶亮。然後曼德爾和黛博拉噘著嘴、啜著唇一起喝茶。曼德爾忽然把杯子放下，說：「我們必須去美國。梅努因得留下，蜜嘉必須帶著。如果我們繼續住在這裡，厄運會盤旋在我們頭上。」他沉默了一會兒，輕聲說：「她在跟一個哥薩克人（Kosak）談戀愛。」

黛博拉的杯子噹的一聲從她手中掉落。蜜嘉在角落醒過來，梅努因在悶睡中動了一下。然後一切安靜下來。數百萬的百靈鳥在屋子上、天空下婉轉啼叫。

陽光用一道明亮的閃光照耀在窗戶上，照到光禿禿錫製的茶壺上，把它照亮變成一面曲鏡。這一天就這樣開始。

07

去杜布諾（Dubno）得坐薩梅施金的馬車；去莫斯科（Moskau）需坐火車；去美國不只是搭輪船這麼簡單，還要證件。要辦證件，就得去杜布諾。

於是黛博拉去找薩梅施金。薩梅施金不再坐在火爐邊的長凳上，他根本不在家。這是一個星期四，並且還是豬市的日子，薩梅施金要一個鐘頭之後才會回家。

黛博拉在薩梅施金的小屋前走來走去，來回地走，滿腦子想的都是美國。一美元比兩盧布多，一盧布有一百戈比，兩盧布等於兩百戈比，上帝呀，一美元是多少戈比？哲麥耶還會寄多少美元來？美國是一個有福的國家。

蜜嘉在跟一個哥薩克人談戀愛，這只會發生在俄國，美國沒有哥薩克人。俄國是一個悲傷的國家，美國是一個自由的國家，一個快樂的國家。曼德爾不會再是一個教師，他會成為一個富有兒子的父親。

不是一個小時，也不是兩個小時，直到三個小時之後，黛博拉才聽見薩梅施金的釘靴聲。已經黃昏了，還是很熱。斜陽已經轉成黃色，但是它還不想變弱，今天日光下山得很緩慢。因為暑熱和數百個不尋常的念頭引起的激動，黛博拉滿身是汗。

現在因為薩梅施金過來了，她覺得天更熱。他頭戴熊皮做的軟帽，亂蓬蓬的，有些地方毛已經禿了。短毛皮大衣下面是髒兮兮的卡其褲，褲腳塞在笨重的靴子裡。神奇的是，他沒有流汗。

在黛博拉看見他的那一刻，同時也已經聞到他的味道，因為他有酒臭。可見她和他能有一場好價錢可談了，說服清醒的薩姆施金可不是一件小事，更何況他醉了。

杜布諾的豬市是星期一，薩姆施金在家這邊的豬市已經辦完事，讓她無機可乘。他不會有什麼理由要去杜布諾，這下坐他的馬車要給錢了。

黛博拉站在路中間迎接他。他又跌又撞，是沉重的靴子支撐著他。幸虧他不是赤腳！黛博拉不無輕蔑地這樣想。

薩梅施金認不出來路中間這個女人是誰。「女人走開！」他喊，用手做出一半是抓，一半是打的動作。

「是我！」黛博拉堅強地說。「週一我們要去杜布諾！」

「上帝保佑妳！」薩梅施金友好地喊道。他停下來，手肘搭在黛博拉的肩膀上以支撐自己。她很害怕自己一動，薩梅施金就會跌倒。

薩梅施金足足有七十公斤重，他所有的重量現在都放在手肘上，而這個手肘正搭在黛博拉的肩膀上。

這輩子第一次有陌生的男人靠她這麼近，她很害怕，但是同時又想，她已經老了，也在想蜜嘉和哥薩克人，還有曼德爾已經多久沒有碰她了。

「好啊，蜜糖，」薩梅施金說，「我們星期一去杜布諾，路上我們還可以搞一下。」

「呸！你這個老不修！」黛博拉說，「你是喝醉了嗎？我要跟你太太說！」「他沒有醉……他只有喝。如果你不是要和薩梅施金睡覺，你去杜布諾做什麼？」薩梅施金回答道。

「辦證件。」黛博拉說，「我們要去美國。」

「車資五十戈比，如果妳不跟我睡的話，那跟我睡的話，三十。他會讓妳懷上孩子，讓妳在美國生下，這是薩梅施金給妳的紀念品。」

黛博拉在暑熱中全身發抖。

但是她還是回答了，只是在一分鐘之後才回：「我不跟你睡覺，車資給你三十五戈比。」

薩梅施金忽然站直，手肘離開黛博拉的肩膀，似乎突然酒醒了。

「三十五戈比。」，他用堅定的聲音說。

「週一早上五點。」

「週一早上五點。」

薩梅施金走進家裡的院子，黛博拉慢慢地走回家。

太陽下山了。風從西邊吹來，紫色的雲朵堆積在地平線上，明天要下雨了。黛博拉想：明天要下雨，然後感覺到膝蓋開始疼痛，風濕痛，她跟這個忠實的老敵人問好。人會變老！她想。女人老得比男人快，薩梅施金和她一樣年紀，也許更老一點。蜜嘉還年輕，她和哥薩克人在一起。

黛博拉對「哥薩克」這個她大聲說出來的詞感到震驚，好像是這個詞的聲音才讓她意識到事情的可怕。

她回到家，看到女兒蜜嘉和丈夫曼德爾坐在桌邊，父親和女兒，他們頑固地堅持並沉默著，以至於黛博拉一走進屋裡就知道，這個沉默是那個古老的、家常的、根深柢固的沉默。

「我和薩梅施金談過了，」黛博拉開始說。「星期一早上五點我要去杜布諾辦證件。他要車資三十五戈比。」接著她被虛榮心驅使，又補充：「因為是我，才這麼便宜！」

「妳根本不能自己去，」聲音疲憊的曼德爾．辛格憂心忡忡地說，「我問過很多精通這類事情的猶太人，他們說，我必須自己去一趟政府機關。」

「你去官府？」

曼德爾．辛格去跟官府打交道，的確讓人不太容易想像。他這一輩子還從未與一個官員說過話，他還沒有過一次遇到警察不發抖的。出現穿制服的人、馬還有狗，他都小心翼翼地避開。曼德爾得去跟一個官員說話？

「曼德爾，你不要去辦……」黛博拉說，「你只會搞砸這事。我自己就可以全部辦好。」

「所有的猶太人，」曼德爾反駁道，「都跟我說，我必須親自去。」

「那星期一我們一起去！」

「那梅努因要去哪裡？」

「蜜嘉留在家照顧他！」

曼德爾看著妻子，他試圖和她害怕地藏在眼皮下的眼睛對視。仍坐在桌邊一角觀察他們的蜜嘉，能夠看到父親的眼神，她的心跳加快。週一她已經有約了，整個暮夏暑熱的時光她都有約。她的愛情發芽得晚，在穗枝之間，蜜嘉害怕收割的那一天。她有一次已經聽到農民在準備，農民在藍色磨刀石上磨鐮刀。田禿了以後，她要去哪裡？她必須去美國。一個對在美國愛情是自由的模糊想法安慰著害怕收割已近的她，高大的建築之間比田地的穗枝之間更容易躲藏。收割要開始了，蜜嘉不能浪費時間。她愛史帝芬（Stepan），而史帝芬會被留下。她愛所有的男人，風暴從他們身上爆發，然而，他們的大手卻能輕柔地點燃她心中的火焰。男人的名字叫做史帝芬，也叫做伊凡（Iwan），或叫做弗謝沃洛德（Wsewolod），而在美國，會有更多更多的男人。

「我不要自己一個人在家，」蜜嘉說：「我會害怕！」

「我們必須要去，」曼德爾質問地說：「給她雇一個哥薩克人在家，好讓他保護她。」

蜜嘉臉紅了，她相信，父親看到了她臉上的紅潮，雖然她站在角落陰影裡。她泛紅的臉上一定是穿透黑暗在發光，蜜嘉的臉像點了一盞紅色的燈。她用手遮住臉，眼淚迸了出來。

「出去！」黛博拉說，「天晚了，去把百葉窗關上！」她摸索著走出去，小心地，手一直放在眼睛前面。在外面她停下片刻，天上所有的星星都在那裡，近在咫尺，似乎也是活生生的，一直在屋前等著蜜嘉。它們清澈、金色的光芒中包含著廣闊、自由世界的富麗堂皇，它們是小鏡子，鏡子裡反映著美國的閃亮。

她走近窗戶，往裡面看，希望從父母的表情看出，他們在談什麼。她什麼都看不出來。她從打開的百葉窗木板上鬆開鐵鉤，像關櫥櫃的兩扇門一樣關閉兩邊窗板。她聯想到棺材，似乎就這樣把父母安葬在小房子裡。她感覺不到悲傷，曼德爾和黛博拉被埋葬了，世界這麼寬闊而且生機盎然。史帝芬、伊凡、弗謝沃洛德還活著，美國也活著，在大洋的那一邊，有那麼多高大的房子以及幾百萬的男人。

當她再進到屋子裡時，父親曼德爾．辛格說：「甚至百葉窗她也不會關，居然關了半個小時！」

他唉聲嘆氣地站起來，走到掛著小煤油燈的那面牆，煤油燈是深藍色、黑色圓柱體，生鏽的鐵線跟裂開的圓鏡連接，圓鏡的功能是免費放大孱弱的光線。煤油燈頂端的開口比曼德爾·辛格高，他想把燈吹滅，但沒有成功，他踮起腳尖，吹口氣，結果燈芯燒得更旺。同時，黛博拉點亮一盞黃色的小蠟燈，放到磚壁爐上。曼德爾·辛格發出用力的聲音，站上扶手沙發椅，終於把燈吹熄。蜜嘉在角落躺下，在她身旁的是梅努因。她要等到天全黑了，才脫衣服。她閉著眼睛，屏住呼吸，等待父親喃喃地唸完他的晚間禱詞。透過百葉窗上一個圓形孔洞，她看到藍色與金色的夜的微光。她脫下衣服，摸了摸自己的胸部，感覺會痛。她的肌膚有自己的記憶，記得觸摸她的男人又大又硬又熱的手的每一個部分。她的嗅覺有自己的記憶，帶著痛苦的忠誠不斷地留下男人的汗水味、酒味和樺木焦油香味。她聽著父母的鼾聲和梅努因吼吼的聲音。蜜嘉起床，穿著睡衣、赤腳，垂到大腿的黑色髮辮掛在胸前，推開門栓，踏出屋門進入陌生的黑夜。她深吸一口氣，感覺整個夜都被自己吸進體內。她感覺，所有的金色星星她一口氣就吞下了，卻還有更多在天上燃燒。青蛙呱呱，蟋蟀吱吱，一條寬闊的銀色帶子鑲在天空東北邊的邊緣，似乎早晨已經在那邊。蜜嘉想著玉米田，她的野交之地。她繞著屋子轉一圈，遠處軍營高大白色的圍牆閃閃發光，它朝蜜嘉散發出幾道稀疏的光。在一個大廳裡睡著史帝芬、伊凡和弗謝沃洛德，以及很多其他的男人。

明天是週五，要為星期六做所有的準備，肉丸、梭子魚和雞湯。烘焙的部分，早上六點就開始。當寬闊的銀色寬帶變成紅色時，蜜嘉溜回房間。她無法再入睡，透過百葉窗上的孔洞，她看到太陽的第一道火焰。父親母親已經從睡夢中動了起來。早晨開始了。

安息日過去了，蜜嘉在玉米田裡和史帝芬度過了星期天。他們最終走得很遠，走到了下一個村子，蜜嘉喝了酒。一整天家裡都在找她。讓他們找吧！她的青春是可貴的，夏天是短暫的，收割就要開始。在森林裡她再一次和史帝芬交合，明天，星期一，父親就會去杜布諾領取證件。

星期一早晨五點，曼德爾・辛格起床。他喝茶、祈禱，然後迅速取下祈禱帶，趕去找薩梅施金。「早安！」他大老遠就喊。曼德爾・辛格覺得跟官府打交道，從還未登上薩梅施金的馬車就開始了，他必須像跟官員打招呼一樣地向薩梅施金打招呼。

「我想載你太太，不想載你！」薩梅施金說，「對她的年紀來說，她還很漂亮，而且胸部讓我很有面子。」

「我們走吧！」曼德爾說。

馬匹嘶鳴，尾巴拍打著臀部。「嘿呀！」薩姆施金揮舞著鞭子喊道。

上午十一點，他們來到杜布諾。

曼德爾必須等待。手裡拿著帽子的他走進宏偉的大門，大門守衛佩戴著一把軍刀。

「你要去哪個單位？」他問。

「我要去美國——請問手續去哪裡辦？」

「你叫什麼名字？」

「曼德爾．梅切洛維奇．辛格（Mendel Mechelovitsch Singer）。」

「你要去美國做什麼？」

「賺錢，我的生活過得很不好。」

「請去84號。」門衛說。「那裡已經有很多人在等了。」

他們坐在土黃色拱形、寬大的走廊上，每個門前都有藍色制服的軍人在守衛。沿著牆面放置有藍色長凳——所有的凳子都坐滿人了。但是一有新的人加入，穿藍色制服的就會做個手勢，然後已經坐在長凳上的人會互相靠攏，新來的人總是能夠有位置坐下。大家抽菸、吐痰、嗑南瓜子和打鼾。一天在這裡不是一天。透過一個很高很遠的磨砂玻璃天窗，可以隱約瞥見天光。某處有時鐘在滴答響，但是它似乎和在走廊裡的靜止一樣，在時間之外走著。

有時候穿藍色制服的軍人會叫名，所有睡著的人都一起醒過來。被叫名字的人起身，躊躇遲疑地到一個門的前面，整理好身上的西裝，踏進一個高大的雙扇門，門上有的不是把手，而是一個圓形的白色的鈕。曼德爾思考他應該對這個球鈕做什麼，門才會打開。他站起來，因為久坐、被夾擠，他的四肢痠痛。但是他還沒有完全站起來，一個藍制服的人就過來了。「坐下（Sidaj）！」藍制服喊道。「坐下！」曼德爾．辛格在他的長凳上找不到位置了。他站到長凳旁邊，貼著牆，希望自己變得和牆一樣扁平。

「你在等84號？」藍色制服問他。

「是的。」曼德爾說。他確信，以為對方現在的意圖是終於要把他丟出去，黛博拉必須再來一趟。五十戈比加五十戈比等於一盧布。但是藍制服的人並沒有想要把曼德爾趕出去，他的意圖只不過是，所有等待的人都應留在他們的位置上，讓他可以看見所有的人。如果有人站起來了，這個人有可能會丟炸彈。

無政府主義者有時候會改裝，衛兵是這樣想的。他招手叫曼德爾過去，搜這個猶太人的身，並叫他出示身分證明。因為一切都沒問題，而且曼德爾也沒有位置了，藍制服的人就說：「聽好，你看見那個玻璃門嗎？你把它打開，那邊是84號。」

「你來這裡做什麼？」桌子後面一個寬肩膀的男人大叫。這個官員正好坐在沙皇畫像的下面。他嘴上留著鬍子，禿頭，身上很多肩章和鈕釦，就像在寬形的大理石、墨水瓶後面的一個華美的半身塑像。「誰允許你就這樣隨便進來？你為什麼沒有登記？」從半身塑像裡有一個聲音隆隆響起，那個人說話的同時，曼德爾．辛格深深彎下腰。他沒有想到會是這樣被接待，他彎著腰讓響雷般的聲音從他的背上方滑走。他想變小，小到與地面齊平，好像他在曠野中遭遇雷雨會做的那樣。他長衣的裙褶都散開了，那個官員可以看到曼德爾．辛格長衣裡面的破褲子和靴筒的破舊皮革。這副景象讓他緩和下來。「靠近一點！」他命令，曼德爾．辛格走近，頭往前伸，好像要去撞桌子。直到他看到自己快走到地毯邊緣時，才微微抬起頭來。官員微笑著。

「證件給我！」他說。

然後一切安靜下來，只有時鐘的滴答聲。透過百葉窗，傍晚時分的金色光線穿射進來，紙張發出沙沙的聲音。有時候官員陷入沉思，抬頭呆望，然後突然伸手去抓一隻蒼蠅。他巨大的拳頭握住這隻小小的昆蟲，小心翼翼地打開拳頭，拔掉蒼蠅一個翅膀，然後第二個，稍微看了一會兒這隻跛腳的昆蟲在桌上繼續爬。

「申請書呢？」他突然問，「申請書在哪裡？」

「我不會寫字，大人！」曼德爾抱歉地說。

「你不會寫字，這我知道，你這個白癡！我要的不是你學校的成績單，我要的是申請書。我們請一個代寫在這裡做什麼啊？在一樓，3號？國家養一個代寫做什麼？就是要給你用的，你這隻笨驢，因為你不會寫字。去吧，去3號，去寫申請書。跟他們說是我要你去的，這樣你就不必等，他們會馬上辦理。然後你再來找我，但是明天再來！到了明天下午，你要離開就可以離開了！」

曼德爾再深深一鞠躬，倒退著走出來，他不敢用背去對著官員，從辦公桌到門口的路似乎長得走不完，他感覺彷彿走了一個鐘頭。終於可以感覺到門了，他迅速回頭，抓住門鈕，先向左轉，然後向右轉，最後再鞠一次躬。終於，他又身處走廊了。

在3號裡坐著一個普通的官員，沒有軍人的肩章。這是一個沉悶低矮的房間，很多人圍著桌子站著。代寫官寫了又寫，每次他都不耐煩地把羽毛筆直直插進墨水瓶的底部。他振筆如飛，卻永遠寫不完，總是有新的人加入。雖然如此，他還是有餘力察覺到曼德爾。

「大人，84號的大人叫我來這裡。」曼德爾說。

「過來。」代寫官說。

大家讓位給曼德爾進來。

「一個印章一盧布！」代寫官說。曼德爾從他藍色的手帕裡找出一盧布。這是一個堅硬的、閃亮的盧布。代寫官不拿這個錢幣，他還在等至少五戈比的小費。曼德爾不理解代寫官這個相當明確的暗示。

代寫官生氣了。「這些是證件嗎？」他說，「這些是破紙！一拿就爛掉了。」然後他裝作不小心，把一張證件撕破，這張證件變成兩半，接著這個官員拿樹膠想要把它黏好。曼德爾見狀全身發抖。

結果樹膠太乾，代寫官吐一口口水到瓶子裡，然後對著瓶子呵氣。但是膠仍然是乾的。他突然有了一個主意，大家也看得出他像是突然有了什麼點子。他打開抽屜，把曼德爾·辛格的證件放進去又關上，從便箋簿上撕下一張綠色的小紙條，蓋上章，交給曼德爾，說：「你知道嗎？明天早上九點你再來！那時候就我們兩個人，我們可以好好聊一聊。你的證件我先幫你保管，你明天再來拿。出示那張紙條就好！」

曼德爾離開。薩梅施金在外面，坐在馬旁邊的石頭上等。太陽下山了，夜晚來臨。

「我們明天才能走，」曼德爾說，「明天早上九點我還得再來一趟。」

為了過夜，他要找一座教堂。他買好一個麵包，兩個洋蔥，把這些放進袋子裡。他攔下一個猶太人，問他教堂在哪裡。「我們一起去吧。」這個猶太人說。

去教堂的路上，曼德爾講述了他發生的事。

「在我們教堂裡，」這個猶太人說，「你可以遇到一個人，這個人可以幫你拿到所有的文件。他已經把很多家庭送去美國了。你認識卡普圖拉克嗎？」

「卡普圖拉克？對呀！就是他把我兒子送走的！」

「老顧客啊！」卡普圖拉克說。夏天快結束時，他住在杜布諾，在教堂裡接受委託。「那時候是你太太來找我的。我還記得你的兒子。他過得很好，對嗎？卡普圖拉克是幸運的推手。」

結果，卡普圖拉克願意接受委託。一個人頭暫時需要十盧布。但預付十盧布，曼德爾交不出來。卡普圖拉克想到一個辦法，他跟曼德爾要兒子的地址。等四週之後他就會得到錢和答案，看看他的兒子是不是真的有意圖要讓他的父母去美國。

「綠紙條給我，美國來的信也給我，然後包在我身上！」卡普圖拉克說。旁邊站著的人都點頭。「你今天還是回家吧。過幾天我去你那裡拜訪。一切交給卡普圖拉克！」幾個旁邊站著的人重複他的話：「放心交給卡普圖拉克吧！」

「我真幸運，」曼德爾說，「可以在這裡遇到你們。」大家都跟他握手，祝他回家的路上一切順利。

他回到市場廣場，薩梅施金在那裡等著。薩梅施金正準備要在他的車裡睡覺。「猶太人只有對魔鬼才會守約！」他說，「好吧，我們還是走吧！」

他們出發。

薩梅施金把韁繩纏在手腕上，想著應該多少睡一會兒。他真的睡著了，馬兒看到被壞蛋從田地上抬出來、放在路邊的稻草人影子，受到驚嚇，拔腿狂奔，車廂像飛到空中一樣。不久之後，曼德爾覺得車廂好似開始抖動，他的心臟也狂跳，他感覺心臟想離開胸膛，跳去遠方。突然，薩梅施金發出一聲咒罵。車子滑進溝裡，馬的一條前腿還伸出在路上，薩梅施金則躺在曼德爾．辛格的身上。

他們從溝裡爬出來。車軸裂了，一個輪子鬆了，另外一個輪子少了兩根輻條。他們必須就地過夜，明天再看情況。

「去美國的旅程就這樣開始。」薩梅施金說，「你們為什麼總是滿世界跑！魔鬼把你們從一個地方趕到另一個地方。我們這種人就留在出生地，只有打仗，才會搬到日本！」

曼德爾·辛格不吭聲地坐在馬路邊，薩梅施金的旁邊。他這一輩子第一次坐在赤裸的土地上，而且還是大半夜待在一個農人旁邊。他看著自己頭上的天空和星星，心想：它們遮蔽了上帝。這一切，上帝在七天之內就造完了，但是一個猶太人想去美國竟需要幾年的時間！

「你看不見這片土地有多美嗎？」薩梅施金問，「不久之後就要開始收割了，今年是好年。如果真的像我預料這麼好的話，秋天我還可以再買一匹馬。你兒子約拿斯有消息嗎？他對馬懂得真不少。他和你完全不同，你太太是不是曾經背著你偷人？」「什麼都有可能。」曼德爾回答。他突然感到很輕鬆，他什麼都懂了，黑夜讓他從偏見中解脫。他甚至緊靠薩梅施金，彷彿他是兄弟一樣。

「什麼都有可能。」他重複道，「女人是靠不住的。」

曼德爾忽然開始哽咽，他哭了，陌生的大半夜裡，在薩梅施金身邊。

這個農人也用拳頭揉揉眼睛，因為他覺得他也要哭了。

然後他用一隻胳膊摟住曼德爾瘦削的肩膀，輕聲說：

「睡吧！你這個猶太老小子，好好睡一個飽覺吧！」

他一直醒著，而曼德爾·辛格打著鼾睡著了。青蛙一直呱呱叫著直到早晨。

08

兩週後，在一片塵土飛揚中，一輛小型的兩輪馬車停在曼德爾．辛格家門前，帶來了一個客人：他是卡普圖拉克。

他報告說證件都已經辦齊，四週後哲麥耶，又叫做山姆，如果從美國有答覆，辛格家的旅程就確定了。卡普圖拉克的來訪，就是想說這些。還有，預付他二十盧布會比他以後再從哲麥耶要付的總數中扣除這筆錢，會令他更滿意。

黛博拉走進院子裡用爛木板做的小木房裡，將上衣拉過頭頂，從懷裡掏出一條打結的手帕，數出八個堅硬的盧布拿在手裡。然後她重新穿好上衣，走進屋子對卡普圖拉克說：「這是我能夠跟鄰居借到的所有的錢。您不滿意我也沒有辦法了。」

「老顧客當然要打個折！」卡普圖拉克說完，一躍跳進他那輕如羽毛的黃色小車，隨即消失在一片塵土中。

「卡普圖拉克去了曼德爾．辛格家！」小鎮上的人都在喊，「曼德爾要去美國了！」的確，曼德爾．辛格去美國的旅程即將展開。所有的人都來提出要是暈船該怎麼辦等建議。幾個買家跑來要看曼德爾的房子，願意支付一千盧布買下，這是一筆黛博拉願意減壽五年的數目。

可是曼德爾．辛格卻說：「黛博拉，妳忘了嗎？梅努因必須留下來，他要住誰那裡？比爾斯（Billes）下個月會將女兒嫁給音樂家福格爾（Fogl）。直到他們自己有孩子之前，這對年輕夫婦可以先收留梅努因。我們必須把房子給他們，不能收任何錢。」

「已經確定了嗎？梅努因必須留下？距離我們啟程還有幾週時間，到那時候上帝一定會讓奇蹟發生。」

「如果上帝要創造奇蹟，」曼德爾回答，「祂不會事先讓人知道，我們只能祈禱。我們不去美國的話，蜜嘉會有厄運。去美國的話，我們就得拋棄梅努因。我們該讓蜜嘉自己去美國嗎？誰知道她會惹出什麼事，自己一個人在旅途上，自己一個人在美國。梅努因是病人，只有奇蹟能夠幫助他。如果奇蹟幫助他了，他隨後還能跟來。美國雖然很遙遠，但不是位在這個世界之外。」

黛博拉沉默了，她耳邊響起拉比克魯奇斯克的話：「不要離開他，留在他身邊，對待他猶如他是一個健康的孩子！」但她將不留在他身邊了，這麼多年來，日日夜夜，每個時刻她都熱切等待著承諾會給她的奇蹟。在彼岸的逝者不幫忙，拉比不幫忙，上帝也不幫忙。她的眼淚已經流成海，自梅努因出生以來，黑夜就進駐了她的心，每個歡樂中都有悲傷。所有的節日都是折磨，所有的假期都是哀悼的日子。沒有春天，也沒有夏天。冬天就是一年四季。太陽升起，但是不能暖心。就只有希望還在，它不想就這樣死去。「他一直都會是殘廢！」所有的鄰居都這麼說。因為他們沒有遭遇過不幸，沒有過不幸的人也不會相信奇蹟。

即使一樣是不幸的人，也不相信奇蹟。奇蹟只發生在很久以前，當猶太人還生活在巴勒斯坦的時候。從那以後，就不再有奇蹟了。儘管如此，大家難道沒有在傳述拉比克魯奇斯克的奇怪行為？難道他不曾讓瞎子看見？讓癱瘓的人得救？納坦皮澤尼克（Nathan Piczenik）的女兒不是怎麼了嗎？對，她瘋了。她被帶去克魯奇斯克那裡，拉比看著她，嘴裡唸咒，然後吐三次口水，納坦皮澤尼克的女兒就身輕如燕、神智清楚地回家了。

別人運氣好，黛博拉心想。想有奇蹟還必須先有運氣。曼德爾．辛格的孩子就是運氣不好，他們是一個教師的孩子！

「如果你是一個有理智的人，」她對曼德爾說，「你明天就會去克魯奇斯克，問拉比我們該怎麼辦。」

「我？」曼德爾問，「我去找一個拉比做什麼？妳不是去過，那再去一次啊！妳信他，他就會給妳答案。妳知道，我根本不信這一套。沒有猶太人和上帝之間會需要一個中間人，如果我們沒有做錯什麼事，上帝會垂聽我們的祈禱，但是如果我們做錯事了，祂就會懲罰我們！」

「祂現在為了什麼事在懲罰我們？我們做了什麼錯事？祂為什麼這麼殘酷無情？」

「妳在褻瀆祂，黛博拉，妳讓我安靜一下吧，我無法再跟妳說下去了。」然後曼德爾就打開《聖經》，不再理她。

黛博拉拿起圍巾，出門去了。外面站著蜜嘉。她站在那裡，臉上因為夕陽而現出紅霞，身上的白色洋裝，現在卻閃著橙色的光，黑髮光滑閃亮，黑色、睜大的眼睛直視著落日，雖然太陽非常刺眼。她是美麗的，黛博拉心想，我也曾經這樣美麗嗎？像我的女兒一樣？我變成了什麼樣子？變成曼德爾．辛格的妻子的樣子。蜜嘉在和一個哥薩克人約會，她這麼美，也許她有權利這麼做。

蜜嘉似乎沒有看見母親，她熱切認真地凝視著熾熱的太陽，它正沉入一堆像城牆一樣厚重的紫羅蘭色雲朵後方。幾天以來這堵黑雲每天傍晚都在西邊守著，預告風暴和大雨即將來臨，但第二日早上卻又消失無影。蜜嘉觀察到，太陽下山的那一刻，騎兵營的士兵會開始唱歌，整個百人隊伍開始唱歌，總是同一首歌：「Polubil ja tibia za twoju krasotu.」（妳是如此美麗，讓我不禁愛上妳）一日事畢，哥薩克人歡迎夜晚的到來。蜜嘉重複哼著這首歌的歌詞，歌詞中她只懂最開始的兩句：「妳是如此美麗，讓我不禁愛上妳。」對她來說，這首歌就是整個百人隊伍！幾百個男人在對她唱這首歌。半個小時後她會和他們之中的一個人見面，又或者兩個，有時候甚至會來三個。

她看見母親了，她不動地站著，知道黛博拉反正會過來。自從幾週以來，母親已經不敢使喚蜜嘉了。蜜嘉本身好像是哥薩克人散發出的恐怖中的一部分，女兒好像已經在陌生、野蠻的軍營保護下。

不，黛博拉不敢叫蜜嘉過來了，黛博拉去蜜嘉那邊。黛博拉戴著一條舊圍巾，又老又醜又害怕地站在閃耀著金色光芒的蜜嘉面前。她在木鋪人行道的邊緣停下腳步，彷彿在遵守一條要求醜陋的母親比她們美麗的女兒站低半階的古老律法。

「爸爸很生氣，蜜嘉！」黛博拉說。

「就讓他生氣，」蜜嘉回答，「妳的曼德爾．辛格。」

黛博拉第一次聽見從孩子口中說出父親的名字，有一剎那，她幾乎以為是一個陌生人在說話，而不是曼德爾的孩子。既然是陌生人——那她為什麼又會叫「爸爸」？黛博拉轉身想回去，她弄錯了，她在對一個陌生人說話。她剛剛轉身，「回來！」蜜嘉命令道——黛博拉第一次發覺她女兒說話的聲音是多麼堅硬。聽起來像銅，黛博拉想，像令人討厭和害怕的教堂大鐘。

「別走，媽媽！」蜜嘉重複道，「讓他一個人，讓妳丈夫一個人自己待著吧，跟我去美國，讓曼德爾．辛格和梅努因那個白癡留在這裡。」

「我求他去找拉比，他不願意。我不要再自己一個人去找克魯奇斯克，我怕！他曾經禁止我離開梅努因，即使他的病經年不好。我該跟他說什麼？蜜嘉！難道我該跟他說，我們因為妳必須離開，因為妳……因為妳……」

「因為我跟哥薩克人在一起。」蜜嘉補充說道，一動也不動地繼續說：「妳想跟他說什麼，就跟他說什麼，跟我有什麼關係。到了美國，我仍然會繼續這個樣子，做我想做的事。就因為妳嫁給妳的曼德爾．辛格，我也必須嫁一個一樣的？妳有比較好的男人讓我選嗎？妳有嫁妝給妳的女兒嗎？」

蜜嘉沒有提高聲音，她提出的問題聽起來也不像問題，反而像在說一些無關緊要的事，好像在說蔬菜和雞蛋的價格。她是有理的，黛博拉想。上帝啊，怎麼辦，她有理。

黛博拉請求四面八方的神明幫忙。因為她覺得，她必須跟女兒承認她是對的，她自己也會像女兒一樣這麼說。黛博拉開始害怕起自己來，就像剛剛害怕蜜嘉一樣，令人感到威脅的事情正在發生。士兵們的歌聲仍然不斷傳過來，紅色的太陽仍然留著突出的一隅，露臉在紫色的雲上。

「我要走了。」蜜嘉說，她從靠著的牆上站直，像一隻白蝴蝶一樣輕盈地在人行道上飛騰而起，邁著輕快、嬌俏的腳步走在街道中央，向著軍營所在的方向前去，去迎接哥薩克之歌的呼喚。

離軍營五十步遠的地方，大森林和薩梅施金玉米田之間的小路中間，伊凡在等她。

「我們要去美國了。」蜜嘉說。

「請別忘記我，」伊凡說，「請永遠記得這段夕陽西下的時光，請想念我，不要想念其他人。如果上帝肯幫忙，也許我也會跟隨妳過去。請寫信給我，帕維爾（Pawel）可以唸給我聽。不要寫太多關於我們兩人的事，否則的話我會害羞。」他吻蜜嘉，熱烈而多次不間斷，他的親吻劈哩啪啦響，就像穿透夜晚的槍聲。一個惡魔般的女孩，他想，現在她要去美國了，我得找其他人，像她這麼美的應該是沒有了，而我還有四年的兵役要服。他高大，像熊一樣強壯，但是個性靦腆。他觸摸女孩的時候，大手還會發抖。他本來對愛也不在行，蜜嘉教會了他一切，而且有什麼是她還沒有想到過的呢！

他們互相擁抱，一如昨天和前天，在田裡，躺在大地的果實之間，被沉重的穀粒包圍、頭上覆蓋著圓形穹蒼。蜜嘉和伊凡躺下時，穗枝也跟著垂下，還是在他們躺下之前，穗桿早已垂下。今天他們的愛更激烈、更短暫，但驚恐是一樣的。彷彿蜜嘉明日就要去美國一般，惜別在他們的愛裡顫抖。在他們要再交纏為一之時，已經相距遙遠，已經被大洋互相阻隔。蜜嘉心想，還好他不去，還好我不留下。他們疲倦無力地躺著很長一段時間，無助、沉默，像受了重傷。他們腦中晃過無數的念頭，沒有察覺已經開始下的雨。雨輕悄悄地展開伏擊，直到雨滴重得足以沖進濃密金色的穗桿圍欄，時間過去了很久。但是突然之間，他們暴露在飛湍的水中。他們驚醒，開始奔跑。雨讓他們迷失方向，雨水將世界完全改變，剝奪了他們的時間感。他們感覺，時間已經晚了，他們豎起耳朵，試著傾聽教堂的鐘聲是否在響，但是只有雨聲嘩啦嘩啦，愈來愈大聲，所有其他夜裡該有的聲音都陰森地沉默下來。他們互相吻在彼此淋濕的臉上，緊握著手，水卻漫在他們之間，兩個人都無法感覺到對方的身體。他們匆匆告別，朝不同的方向離去，才一分開，伊凡已經被雨籠罩，看不見了。我再也不會見到他了！蜜嘉跑回家時，心想。收割要開始了，明天農人會大吃一驚，因為一場雨會帶來更多的雨。

她回到家，在屋簷下等了一會兒，似乎全身很快就會乾了，這件事是有可能的。她決定進去屋裡，屋子裡很暗，大家都已經睡了。她就這樣濕漉漉地躺下，讓衣服在身上晾乾，不再移動。屋外雨聲瀝瀝，大家都知道，曼德爾要去美國了，學生一個接著一個都不來上課了。現在課堂上只剩下五個小男孩，但是他們也不是按照規律的時間來。卡普圖拉克還沒有把證件送來，山姆也還沒有把船票寄來。曼德爾．辛格的房子已經開始毀壞。曼德爾想，這房子從以前開始就很糟糕。這房子屋況不好，但是沒有人知道。沒有注意力的人和聾子沒兩樣，甚至比聾子更糟——這個諺語不是哪裡有寫嗎！在這裡我的祖父是老師；在這裡我的父親是老師；在這裡我是老師。現在我要去美國，我的兒子約拿斯被哥薩克人徵收，就連蜜嘉，他們也要拿走。梅努因——梅努因會怎麼樣？這天晚上他去拜訪比爾斯家。曼德爾感覺這屋裡住的是一個快樂的家庭，他們有不該得的好運氣。除了最小的孩子，所有的女兒都出嫁了。而就是這個最小的女兒，他要給她這棟屬於他的房子。所有三個兒子都逃過當兵的命運，出去見識世界。一個去了漢堡，一個去了加州，第三個去了巴黎。這是一個幸運的家庭，上帝的手蒙在他們頭上，這個家庭一定被捧在上帝的大手上。老比爾斯總是笑口常開，他的三個兒子都曾經跟著曼德爾上課，老比爾斯則是老曼德爾的學生。因為他們已經認識很久，曼德爾覺得，他可以跟這家人分一點福氣。

比爾斯一家的生活其實不富裕，對曼德爾·辛格的提議感到贊同。好！年輕的一對答應會接收那棟房子，連梅努因一起。「他不會很麻煩，」曼德爾·辛格說，「他一年比一年好。在上帝的幫助下，他很快就會健康了。然後我的兒子哲麥耶會來，或者他會委託人來接梅努因去美國。」

「約拿斯有消息嗎？」老比爾斯問。曼德爾已經很久沒有他的這位哥薩克人的消息，他偷偷在心裡這麼叫他，並不是輕蔑的意思，甚至感到有點驕傲。雖然如此，他還是回答：「都是好消息！他學會了讀書寫字，也晉升了。要不是他是猶太人的話，也許他現在已經是軍官了！」曼德爾不可能在這個幸福的家庭面前，承認自己背上超載的巨大不幸，所以他挺直背脊，撒謊說自己沒什麼不快樂的。

他們在簡單的見證下完成約定，而不是正式辦理，因為正式辦理還要多一筆花費，也就只是將曼德爾·辛格的房子交給比爾斯家使用。現場有三、四個正直的猶太人當見證，就夠了。而曼德爾同時先得到三十盧布的預付款，因為他的學生不來了，家裡的錢即將用罄。

一週後卡普圖拉克又開著他的小車來到鎮上，所有的東西都備齊了：錢、船票、護照、簽證、每個人頭的費用，甚至給卡普圖拉克的酬金。

「一個準時的買帳人，」卡普圖拉克說，「你們的兒子哲麥耶，又名山姆，是一個可靠的人。一個紳士，美國那邊的說法……」

卡普圖拉克必須陪著辛格家到邊界，四週之後，輪船海神號（海王星）要從布萊梅（Bremen）啟航去紐約。

比爾斯家過來盤點。寢具、六個枕頭、六條床單、六張紅藍格被子，是黛博拉要帶走的，只留給梅努因一些草褥和少得可憐的寢具。

黛博拉雖然沒有多少東西好收拾，且每一件所有物都在她的腦袋裡，她還是忙得不可開交。她打包好，又拆開，她點數完餐具，回頭又再點一次。梅努因打破兩個盤子，他似乎漸漸失去作為癡傻者的冷靜。他比以前更頻繁地叫喊媽媽，多年來他唯一能發音的詞。他重複叫媽媽十幾次，即使母親不在身邊。他是智障，這個梅努因！一個智障！這是多麼容易說出口的話！但是誰知道梅努因的靈魂，上帝隱藏在無法穿透的愚蠢外貌中的靈魂，這些天來在忍受的，是什麼樣的恐懼和憂慮。是的，他很害怕，梅努因這個殘廢。他有時候自己從他的角落爬行到門口，蹲在門檻上，在陽光下像一隻生病的狗，對他只看得到靴子、襪子和衣服的路人眨眼睛。有時他會突然抓起母親的圍裙大吼大叫，黛博拉便趕緊把他抱進懷裡，雖然他的重量已經不輕。儘管如此，她還是抱著他搖，唱兩、三段她原本已經忘記，只因感覺到自己懷裡不幸的兒子才又記起的童謠。然後她再把他放下，重新開始工作，雖然幾天以來的工作只不過是打包和清點，突然她放下手邊的事，就這樣站著，眼裡若有所思，這一點和梅努因不能說不相像。那雙眼睛沒有生氣，好似無助地在未知的遠方尋找思緒，那雙拒絕傳遞大腦訊息的眼睛。她呆滯的眼光落到要把襯墊縫進去的袋子上，也許，她突然想到，可以把梅努因縫進一個袋子裡？接著她的腦海就出現讓她發抖的畫面，海關用又長又尖的棍子去刺乘客的袋子。她又開始拆打包好的東西，她決定留下，要遵守克魯奇斯克拉比所說的：「不要離開他，待他要像他是健康的孩子！」她再也生不出信仰的力量，而人所需要忍受絕望的信仰的力量，也漸漸離開了她。

事情好像是他們——黛博拉和曼德爾，並不是主動自願決定去美國，而是去美國這事主動找上他們，因為哲麥耶、馬克和卡普圖拉克如此催促勉強著，等到他們察覺時，已經太遲了。他們已經要淪入美國，無法自救了。證件到了，船票到了，人頭費用到了。「我們怎麼辦，」黛博拉有一次問道：「如果梅努因突然好了，今天或明天突然好了？」曼德爾搖了搖頭，然後說：「如果梅努因健康了，我們就帶他一起走！」然後他們默默地沉浸在希望裡，希望明天或後天梅努因從他的所在處站起來，四肢健康，話語流利。

週日他們就該出發了。今天是星期四。黛博拉最後一次站在她的爐灶前，準備安息日的餐點白罌粟籽大麵包和辮子小麵包。爐火明目張膽地燃燒，嘶嘶又啪啪響，煙霧瀰漫整個房間，就像三十年以來的每個星期四一樣。屋外在下雨，雨水把煙從煙囪裡擠回來，天花板舊的、熟悉的之字形石灰補丁，因為濕潤的新鮮再度顯形。屋頂上十年前就該修補的木瓦上的洞，比爾斯一家會修補好的。

巨大鑲鐵邊的棕色行李箱裡堆滿了東西，行李箱開口處，配有堅固的鐵栓和兩個閃閃發光的新鐵鎖。梅努因有時會爬到鐵鎖旁邊，讓鐵鎖懸盪擺動。然後一個無情的咔嗒聲，鐵鎖撞到鐵鑲邊，擺盪久久都不停止。灶火劈劈啪啪，煙霧充滿整個空間。

安息日那天傍晚，曼德爾．辛格和鄰居道別。大家喝自己釀的黃綠色的酒，而且讓它從乾海綿滲透出來，所以酒喝起來不但辣，而且還很苦。道別的時間比一個小時久，所有的人都祝福曼德爾好運，雖然有些人不相信他的運氣，有些人則嫉妒他。所有的人都還是跟他說，美國是一個很棒的國家，一個猶太人不會有比去美國更好的選項了。

這天夜裡，黛博拉下床，她的手小心地圈著蠟燭去看梅努因。他肚子朝天睡著，沉重的頭靠在捲成一團的灰色毯子上，眼皮半睜，可以看到他的眼白。每一次呼吸，他的身體都在顫抖，睡著的手指無時無刻不停地動。他把手放在胸前，睡夢中的臉色比白天更沒有血色，更鬆弛。藍色的嘴唇張開，嘴角有白色、像珠子的泡沫。

黛博拉熄滅蠟燭，在兒子身邊蹲了幾秒，再站起來，又悄悄地回床上。他不會好了，她想——他不會好了。然後她沒有再睡著。

星期日早上八點，卡普圖拉克派的一個信差來到。這位戴著藍色軟帽的信差，就是領著哲麥耶通過邊境的那一位。今天戴藍帽的他也是站在門口，拒絕進門喝茶，一言不發地幫忙把行李拉出去，裝上車。車子很舒適，四個人都有足夠的位置。腳踩的是柔軟的乾草，車子裡的味道像夏末的大地。馬背閃閃發光，梳理平整地像棕色拱形的鏡子。有許多銀鈴的寬大馬具套在牠們纖細高大的脖子上，雖然是白天，牠們的蹄子在碎石上敲出的火花還是清晰可見。

再一次，黛博拉抱起梅努因，比爾斯家已經到了，他們圍著車子，不停地說話。曼德爾．辛格坐在駕駛座上，蜜嘉把背靠在她父親的背上，只有黛博拉還站在門前，懷裡抱著梅努因這個殘廢。

突然她放開他，輕輕把他放到門檻上，就像把屍體放進棺材裡一樣。她起身，伸直腰，任由淚水流淌，赤裸裸的淚水流在她赤裸裸的臉上。然後她決定留下她的兒子，前去美國。而奇蹟終究沒有發生。

她哭著上車，她看不見跟她握手道別的人的臉。她的眼睛裡有兩個充滿淚水的海洋。她聽到馬蹄聲，他們啟程了。

她尖聲大叫，但是並不知道自己在叫，這個聲音來自她的內在，她的心有一張嘴巴在放聲大喊。車子停住，她跳下車，像個男孩一樣輕盈地飛奔。梅努因還坐在門檻上，她倒在梅努因前，「媽媽，媽媽！」梅努因口齒不清地叫著。她無法動彈。

比爾斯家的人把黛博拉扶起來，她大喊大叫，不願意起來，最後她終於安靜下來。大家把她抬進馬車，放到乾草上，馬車也快速向前駛，朝杜布諾去。

六個小時之後，他們已經坐在火車裡，這輛是慢車，和很多不認識的人在一起。火車平緩地駛過鄉村、草地和田野，到處都在收割，農人和農婦、農舍和牛群似乎都向火車揮手致意。火車輪子輕緩的行進聲讓乘客昏昏欲睡。黛博拉未開口說話，因為她已睡著了。火車車輪不停地重複，不斷地說：別離開他！別離開他！別離開他！

曼德爾．辛格在祈禱，他機械式地把禱詞背誦出來，不去想字句的涵義，字句的聲調就已經足夠。它們的意思，上帝會理解的。曼德爾就這樣自我麻醉了幾天後要到達的地方，內心藏有對水的巨大恐懼。他不時下意識地看一眼蜜嘉，她坐在他的對面，和藍色軟帽的男人同一側。曼德爾沒有看到她貼靠在男人身上。這個人不對她說話，而是等待黃昏來到和列車長點燃煤氣燈微小的火焰之間短暫的一刻鐘，在這一刻與之後煤氣燈再度被熄滅的那個夜晚間，許諾給她各種快樂。

第二天早晨老辛格跟他可有可無的道別，只有蜜嘉是無聲而誠摯地跟他握手。他們來到邊界，海關收取了護照。當曼德爾．辛格的名字被叫到時，他全身發抖。沒什麼事，一切都沒問題，他們可通行。

他們登上一列新的火車，看見不一樣的車站，聽到新的鐘響，看見新的軍服制服。他們坐了三天火車，中間換乘兩次。第三天下午他們抵達布萊梅。一個輪船公司的人在叫喊：「曼德爾．辛格！」辛格家應聲登記。不少於九個家庭都在此等待官員。那人把這些家庭排成一列，數了三遍，宣讀他們的名字，然後給每個人一個數字牌。他們就這樣站在那裡，不知道要拿數字鐵片怎麼辦。那個官員離開，說很快會再回來，但是這九個家庭，二十五個人，動都沒有動。他們站在月台上一字排開，鐵片拿在手上，行李包袱在腳前。因為太晚應聲，在左邊最角落站著的是曼德爾．辛格。

整個車程中，他和妻子、女兒幾乎沒有說一句話。兩個女人之間也是沉默不語。現在黛博拉似乎再也無法忍受沉默。「你為什麼不去？」黛博拉問。「沒有人動。」曼德爾回答。「你為什麼不問人？」「沒有人可問。」「我們在等什麼？」「我不知道我們在等什麼。」「你覺得我可以坐在行李箱上嗎？」「妳就坐吧。」

就在黛博拉攤開裙子準備坐下時，輪船公司的官員出現了，並且用俄語、波蘭語、德語和意第緒語（猶太語）宣布，他將護送這九個家庭到港口，會安排大家在軍營過夜，而且明天早上七點「海神號」就起錨出發。

他們在布萊梅港（Bremerhaven）的軍營裡安頓，拚命握緊拳頭裡的鐵片，睡覺的時候也不敢放鬆。二十五個人的鼾聲和硬床上每個人的動作都讓房樑如同顫抖般，小型的黃色電燈泡也輕輕晃動。煮茶是被禁止的，他們口乾舌燥地去睡覺。只有蜜嘉，因為一個波蘭理髮師送給她一些紅色糖果，她嘴裡含著一個黏黏的大球睡著了。

早上五點曼德爾醒過來，他艱難地從他睡著的木製寢具下來，找到水管漱洗，走出去看東方是哪一邊。然後他再進去，躲到一個角落祈禱。他自顧自地小聲喃喃唸著，這時候，巨大的疼痛忽然襲來，攫住他的心臟用力撕扯，讓曼德爾在祈禱中忍不住大聲呻吟出來。幾個還在睡的人因此醒來，看到角落裡有人蹦跳地搖晃，上半身前後搖擺、跳著蹩腳的舞，向上帝致敬的猶太人，不禁微笑起來。

曼德爾祈禱還未完成，那位官員就一把拉開了大門，海風把他送進軍營，「起床！」

他用世界上所有的語言大叫幾次。

他們到達船邊時，時間還早。在他們被塞進夾層之前，被允許去看一眼頭等艙和二等艙的餐廳。曼德爾．辛格不動地站立著，他站在一道狹窄鐵梯的最高階上，背對港口、背對國家、背對歐洲大陸、背對故鄉和過去的時間。他的左邊陽光照耀，天空是藍色的，船是白色的，水是綠色的。一個水手過來，叫曼德爾．辛格從鐵梯上下來，他揮一揮手安撫他。他感到平靜，心中沒有恐懼。他看了一眼大海，從無邊無際流動的水中得到安慰。這是永恆，曼德爾意識到，這是上帝自己所創造的，上帝把大海從取之不盡、用之不竭的祕密源泉中傾倒出來。大海現在在陸地之間漂盪，在大海深處，正義虔信的人在審判日吃的聖魚利維坦（Leviathan）蜷縮著。曼德爾所在的這艘船名叫「海神號」，是一艘大船。但是，和利維坦或者大海、藍天，或是永恆的智慧相比的話，這是一艘渺小的船。不，曼德爾不感到恐懼。他叫水手放心，他是在大船上，在永恆的大洋之前的一個卑微、黑袍猶太人，他再次身體轉半圈，嘴裡喃喃說出看著大海時要說的祝禱。他轉過身來，將祝福的字句逐個地撒落在綠色波濤上：「我們讚美祢，永恆的、我們的主，祢創造了海洋，透過海洋將大陸隔離！」

這時候，警鈴大作，機器開始轟轟作響，而空氣、船和人都在顫抖。只有天空仍然湛藍、安詳，安詳而湛藍。

09

在大海上航行的第十四個晚上，從燈船上發射的巨大火球發著亮光。「現在可以看到，」一個在此已經航行過兩次的猶太人對曼德爾．辛格說，「自由女神像。她有一百五十一英尺高，內部是中空的，可以爬上去。她的頭上戴著一頂光芒之冠，右手拿著火炬。而最棒的是，這個火炬在夜間會燃亮，但是永遠不會燒完，因為它是用電照明的。像這種藝術作品只有美國才有。」

第十五天的上午，他們可以下船了。黛博拉、蜜嘉和曼德爾緊緊靠在一起站著，他們害怕彼此會失散。

穿軍服的男人過來了，曼德爾感覺他們有點危險，雖然他們身上沒有配軍刀。有些人全身雪白，看起來一半像法國衛兵，一半像天使。這些人是美國哥薩克人吧，曼德爾・辛格心想，然後他觀察自己的女兒蜜嘉。

他們被叫喚名字，按字母順序，然後每個人去到自己的行李邊，行李並沒有被鋒利的長矛戳刺。也許還是該帶著梅努因，黛博拉想。

突然，哲麥耶站在他們眼前。

三個人全部都同樣吃驚。

同時他們也看見屬於他們自己的老房子、以前的哲麥耶和新的哲麥耶，他又名山姆。他們同時看到哲麥耶和山姆，好像山姆被套到哲麥耶身上一樣，但山姆卻是透明的。雖然是哲麥耶，但現在是山姆。

他是兩個身分的合體。一個戴黑色帽子、穿黑色長袍和高筒靴，以及柔軟的黑色毛髮從臉頰的毛孔裡發芽生長。

另一個穿淺灰色上衣，雪白的帽子像船長，寬的黃色長褲，綠色光鮮的絲綢襯衫，他的臉光滑得像高貴的墓碑。

第二個的樣子幾乎就是馬克。

第一個用他的舊聲音說話了，他們只聽見聲音，不是字句內容。

第二個用他強壯的手拍打父親的肩膀說話，而他們現在才聽見話語的內容：「哈囉，old chap（爸爸）！」卻不明其義。

第一個是哲麥耶，第二個是山姆。

山姆先親吻父親，然後母親，最後是蜜嘉。三個人都聞到山姆身上的刮鬍香皂味，味道像雪花蓮又有點像清潔劑。這個味道讓他們想起花園的同時，也想起醫院。

他們暗地反覆幾次地想，山姆就是哲麥耶，這才高興起來。

「所有其他人，」山姆說，「都要先隔離。你們不用！這是馬克的功勞，他有兩個堂兄弟在這裡工作。」

半個小時後馬克出現。

他看起來和那個時候在鎮上出現時一模一樣，龐大的、聲音宏亮的、轟隆隆講著無可解的語言，隆起的口袋裡裝滿他立即分發並自己隨即也吃起來的甜糕點。一條鮮紅色的領帶像旗幟一樣，在他胸前飄揚。

「你們還是必須去隔離，」馬克說，因為他誇大了，他的兩個堂兄弟雖然在這裡工作，但只是海關查驗。「但是我會陪著你們，不用害怕！」

他們果真不需要畏懼。馬克對每個官員都大聲說，蜜嘉是他的新娘，曼德爾和黛博拉是他的岳丈、岳母。

每天下午三點，馬克都出現在隔離營地的欄杆外。他把手伸進鐵欄杆和每個人打招呼，雖然這是禁止的。四天之後他成功地把辛格家解救出來，至於是用什麼方法辦到的，他不肯說。因為馬克的個性就是這樣，他會誇大其詞地講述他發想出來的事情，但是真正發生的事，反而什麼都不說。

他堅持在他們回家之前，要讓他們坐公司的車好好的、詳盡的看看美國。曼德爾・辛格、黛博拉和蜜嘉就被載上車安排去散步。

這是晴朗炎熱的一天。曼德爾和黛博拉坐在車行的方向，他們對面坐著蜜嘉、馬克和山姆。

沉重的車在街道上咔噠咔噠響，帶著憤怒的衝擊力，曼德爾・辛格感覺車子好像企圖永遠的砸碎石頭和柏油路，震壞房屋的地基般，皮革製的座椅在曼德爾身下好像燃燒的爐灶。儘管他們走的路都在高牆的陰影下，但是熱度還是像灰色熔化的鉛汁，穿過曼德爾頭上老舊的黑色羅紋絲帽，滲入他的大腦，潮濕、黏稠、令人疼痛的灼熱把大腦焊得緊緊的。從他們抵達美國之後，他幾乎沒有睡，吃得很少，而且幾乎完全沒有喝水。他偷偷在沉重的靴子裡穿著家裡的橡膠拖鞋，他的腳熱得像火在燒。他緊緊夾在膝蓋中間的雨傘，那傘的木頭把柄已燙得像燒紅的鐵，不能觸摸。曼德爾的眼前飄著一重由煤煙、灰塵和暑熱緊密編織的簾幕。他覺得猶如置身在他的先祖跋涉了四十年的沙漠，雖然他告訴自己，祖先是用走的，他有車坐。他們現在衝進去的瘋狂躁動雖然激起一陣風，但卻是熱風，是地獄火熱的氣息。這陣風不但不清涼，反而熾熱如火。這陣風不是風，是噪音和叫喊組成的，這揮動的鬧聲，是由幾百個看不見的鐘發出的尖刺聲響、鐵路發出危險的金屬感雷鳴般的聲音、無數喇叭嘟嘟的聲音、彎道上鐵軌發出的尖叫、馬克透過巨大的話筒向他的乘客解說美國的轟隆隆講話聲、周圍人們的低語聲、曼德爾身後一個陌生旅伴響亮的笑聲，以及山姆不斷丟到父親面前、但曼德爾聽不懂只能不斷點頭、唇邊帶著膽怯同時友好的微笑，一切像是令人痛苦的鐵鉗一般的演說聲音所組成。就算他有勇氣維持符合身分的嚴肅，也無法不微笑，因為他連改變表情的力氣都沒有，他臉上的肌肉已經僵硬了。他最想做的，是像一個小孩一樣放聲大哭。他鼻中是融化的瀝青刺鼻的焦油味，空氣中乾燥有顆粒的灰塵味，從運河和奶酪店飄來的腐臭油膩氣味，洋蔥的辛辣氣味，汽車發出的甜甜汽油味，從魚棚、鈴蘭和兒子臉頰上傳來的腐沼味。所有的氣味，加上充斥他耳朵、炸裂他頭骨的噪音，都混雜在衝著他來的灼熱蒸氣中。很快地，他就不知道要聽什麼、要看什麼、要聞什麼了。他一邊微笑，一邊還點著頭。美國侵略他，美國破壞他，美國擊潰了他。幾分鐘後他就不省人事了。

他在一個大家急忙把他帶過去，讓他恢復活力的餐廳裡醒來。在一面被一百個小燈泡環繞的圓鏡中，他看到自己的白鬍子，他的尖鼻子，而且看到的第一眼還以為那是別人的。直到他認出圍著他的親人，他才認出自己。他覺得有一點丟臉，有些費力地張開嘴唇，請求兒子的原諒。馬克抓住他的手用力搖晃，就好像在恭喜曼德爾·辛格演了一齣成功的戲，或者贏了賭注。老人的嘴邊又掛上笑容的鐵鉗，不知道哪來的暴力又再次移動他的頭，讓曼德爾看起來像在點頭。他看到蜜嘉，黃色圍巾下她的黑髮亂七八糟，蒼白的臉頰上沾著煤灰，牙齒之間夾著一根長長的稻草。黛博拉無聲地蹲著，她鼻翼大張，胸部在沒有扶手的圓形沙發上起伏，看起來像隨時會掉下來。

這些人和我有什麼關係？曼德爾想。整個美國和我有什麼關係？我的兒子、我的妻子、我的女兒和這個馬克？我還是曼德爾．辛格嗎？這還是我的家庭嗎？我還是曼德爾·辛格嗎？我兒子梅努因在哪裡？他感覺像是從自己裡面走出來，又和自己分離了，似乎他不得不如此繼續活下去。他感覺他把自己留在祖賀瑙，留在梅努因身邊。接著當他的唇在笑，他的頭搖著的同時，他的心也慢慢地鐵硬起來，他的心像金屬做的槌子一樣敲打著冰冷的玻璃。他，曼德爾·辛格，孤獨了：他，已經在美國了……

第二部分

10

幾百年前曼德爾．辛格的一個祖先可能是從西班牙到沃里尼亞（Wolynien）來的。前人比起他的後代，命運幸福一些、平凡一些，至少不那麼引人注目，因為我們不知道他是花了很多年還是只有短短幾年，就能在異國安身立命。但是從曼德爾．辛格我們知道，他在紐約幾個月之後，就習慣紐約了。

是的，他幾乎習慣紐約了！他已經知道老爸（old chap）是美語父親的意思，老媽（old fool）是母親，或者反過來。他認識幾個波威里街（the Bowery，譯注：紐約市小飯館和流浪者眾多的波威里街）和他的兒子有生意往來的生意人，他認識他居住的埃塞克斯街（Essex Street），以及他兒子——他的兒子山姆——店鋪所在的休斯頓街（Houston Street）。他知道，山姆已經是美國人；知道要顯示自己有好教養要說 good bye（再見），how do you do（你好）和 please（請）；他知道格蘭街（Grand Street）商人可以要求被尊重，他們有時候可以住在哲麥耶自己也很想住的河邊。人家告訴他，美國叫做 God's own country（上帝之國），是上帝的國家，猶如曾經的巴勒斯坦；紐約是 the wonder city（奇蹟之城），是會有奇蹟發生的城市，猶如曾經的耶路撒冷。祈禱在這裡被稱為服務（service），布施做善事也是服務。在祖父到達美國不到一週出生的山姆的兒子，不例外地叫做麥克林肯（MacLincoln），按照在美國過得很快的時間來看，他馬上就會成為大學生。媳婦現在叫這小子 My dear boy（我親愛的男孩），很奇怪的是，媳婦仍然叫做薇佳。她有一頭金髮，而且溫和善良，曼德爾・辛格在她的藍色眼睛裡看見品德多於智慧。願她保持癡愚！女人不需要頭腦，上帝保佑她，阿門！中午十二和兩點之間，大家必須吃午餐，晚上六點到八點之間吃晚餐。這些規矩曼德爾不遵守，他下午三點吃飯，晚上十點吃飯，跟在老家時一樣，雖然他吃晚飯的時候，老家應該已經是白天，或者清早，誰會知道。同意叫做 all right，而好（ja）變成行（yes）！如果要祝福別人，不會祝他幸運和健康，而是財源滾滾、生意興隆。山姆已經在考慮不久的將來，要在河邊租一套新的公寓，帶客廳的。他還擁有一台留聲機，蜜嘉有時候會跟嫂嫂借。山姆就會用忠誠的手臂抱著留聲機過街，像它是生病的孩子一樣。留聲機可以演奏很多華爾滋，但是也會《晚禱》（Kol Nidre）。山姆一天洗兩次澡，他晚上有時候會穿的西裝，他把它叫做

Dreß。黛博拉已經去看了十次電影，進了三次劇院。她有一件深灰色絲綢晚禮服，是山姆送給她的。一條大金鍊子戴在她的脖子上，令人聯想起《聖經》裡有時會提到的淫蕩女人。蜜嘉在山姆的店裡賣東西，午夜後才會回家，早上七點又出門了。她對父親說的話，除了「晚安！爸爸！」「早安！爸爸！」沒有其他。偶爾曼德爾．辛格會在從他耳邊掠過的，像一條河從站在岸邊的老人的腳邊流過的對話中，聽到馬克帶著蜜嘉去散步、跳舞，或去游泳、健身。曼德爾．辛格知道，馬克不是猶太人，哥薩克人也不是猶太人，事情還不晚，上帝會保佑，我們再看看。黛博拉和蜜嘉很融洽地生活在一起，家裡很平和。母親和女兒會竊竊私語，常常在午夜過了很久之後還在聊。曼德爾假裝睡覺，這個他很擅長。他睡廚房，妻子和女兒睡唯一的起居空間。在美國大家住的也不是宮殿。多麼的幸運，他們住在二樓！很容易就有可能住到三樓、四樓、五樓去！樓梯傾斜又骯髒，總是很黑暗。白天上樓梯常常必須點火柴照明，那裡的味道像貓一樣暖烘烘、潮濕和黏稠，但是揉進酸麵團的老鼠藥和玻璃碎片，仍然每天晚上必須放到角落。黛博拉每週都擦洗地板，但是地板永遠不會像老家那樣呈現藏紅花色。為什麼？是黛博拉太弱了？她太懶？她是不是老了？當曼德爾走過房間時，每塊地板都吱吱作響，根本不可能發現黛博拉現在把錢藏在哪。山姆每週給十美元，雖然如此，黛博拉還是會生氣。她是一個女人，有時候會受魔鬼左右。她有一個溫順的好兒媳，黛博拉卻說，薇佳太奢侈浪費。當曼德爾聽到這類言論，他就說：「住嘴，黛博拉！對孩子要知足！妳還是沒有長大，不知道沉默是金嗎？妳不再需要責怪我賺得不夠多，不再能和我爭吵，所以妳苦惱嗎？哲麥耶把我們接來，讓我們養老，能夠死在他身邊。他的太太理所當然地尊敬我們，妳有什麼好不滿意的？」她不是很清楚自己不滿意什麼，或許她希望在美國能找到一個完全陌生的世界，而在這個世界裡，要立刻忘記過去的生活和梅努因是可能的。但是美國不是一個新世界，在這裡，猶太人比在克魯奇斯克還多，根本就只是一個比較大的克魯奇斯克。千山萬水橫越大洋，為的是來到坐薩梅施金的馬車就可以到的克魯奇斯克？窗戶打開看出去，是一個黑暗的中庭，中庭裡有貓、老鼠和孩子在打架。下午三點的時候，即使在春天，就得點上煤油燈，連電燈都沒有，也沒有自己的留聲機。黛博拉在老家起碼有光線和太陽。是啦，她有時候會跟媳婦去看電影，她也坐過兩次地鐵了。蜜嘉是一個高貴的小姐，戴著帽子穿著絲襪。她變乖了，也在賺錢。馬克在追求她，不過馬克好過哥薩克人，他是哲麥耶最要好的朋友。他的滔滔不絕雖然沒人聽得懂，但是可以習慣。他比十個猶太人更老練，而且還有一個優點，他不要求嫁妝。到底這裡還是另一個世界啊！美國馬克不是俄國馬克。即使是這裡，黛博拉跟錢也無法好好相處。生活變得越來越昂貴，她無法改掉存私房錢的習慣，地板下已經有十八塊半了。胡蘿蔔愈來愈少，雞蛋是空心的，土豆凍傷，濃湯愈來愈稀，鯉魚窄，梭魚短，鴨肉瘦，鵝肉硬，雞則沒有什麼肉。

不，她真的不清楚她要什麼。她要的，是梅努因。經常在睡夢裡、醒著的時候、在買菜、在看電影、在整理家裡、在烤東西的時候，她聽到他的呼叫，媽媽！媽媽！他叫著。這是唯一他學會的話，他現在已經忘記了吧。她聽見陌生人的孩子叫媽媽，他們的媽媽應聲回答。沒有一個母親會願意離開自己的孩子。實在不應該來美國，雖然，總是也可以回去！

「曼德爾，」她有時候會說，「我們該不該回去，去看梅努因？」

「錢呢？旅程呢？回去吃什麼？妳覺得，哲麥耶能給這麼多嗎？他是一個好兒子，但是他不是富翁范德比爾特（Vanderbilt）。也許這是我們的命。我們先留下！梅努因我們會在這裡再見到的，如果他病好了。」

說是這麼說，但是離別時的念頭一直牢牢地釘在曼德爾．辛格的心中，不肯放開他。有一次，他去兒子店裡拜訪（坐在辦公室玻璃門後，看顧客來來往往，默默祝福每一個進來的人），他對哲麥耶說：「梅努因還是沒有消息，比爾斯上一封信裡完全沒有提到他。我回去看看他，你覺得怎麼樣？」哲麥耶又名山姆，是一個美國人，他說：「爸爸，這樣不實際。如果可能的話，把梅努因帶來，在這裡他的病馬上就好了。在美國，醫藥是全世界最好的。我剛剛在報紙上才讀到，治療那樣的病，只要打一針，打一針就好了！但是我們又不能馬上帶他來，可憐的梅努因，花這個錢做什麼？我的意思不是這完全不可能，但是，剛好是現在，我和馬克正在準備進行我們的大生意，手頭還很緊。我們還是不要談這件事了吧！再等幾個星期！我只跟你說哦，我和馬克，我們正在做建築土地的投機生意，現在我們已經拆了德蘭西街（Delancy Street）的一棟老房子。我跟你說，爸，拆房子幾乎跟蓋房子一樣貴。但是我們不該抱怨了，經濟在好轉！想到我們開始做保險的時候，上樓梯！下樓梯！現在我們有這個店，這個店真的可以說它是：百貨公司！現在輪到保險業務員來找我們。我看著他們，心裡就想：這些傢倆我再熟悉不過，然後親手把他們丟出去。所有人我都丟出去！」

曼德爾．辛格不理解，山姆為什麼要把業務員丟出去，為什麼把他們丟出去讓他這麼快樂。山姆感覺到父親的疑惑，他說：「你要和我一起吃早餐嗎？爸爸。」他假裝忘記他的父親只在家裡用餐，他喜歡製造機會來強調他與故鄉的習俗已經分離了。接著他拍一下額頭，好像他是馬克似的，說：「啊！我忘了！但是一根香蕉你還是可以吃的吧，爸！」然後他讓人給父親拿來一根香蕉。

「對了，還有蜜嘉，」吃到一半，他又開始說，「她慢慢有個樣子了。她是店裡最美的女孩，如果她在別的地方工作，早就被找去當模特兒了，但是我不要我妹妹的身材去展示別人家的衣服。馬克也不願意！」他停頓下來，看父親是不是要說馬克什麼，但是曼德爾．辛格沒有開口。他不是在懷疑什麼，他只是最後一句話幾乎沒聽到。他沉浸在自己內心對孩子們深深的感佩，尤其是對哲麥耶。他多麼的聰明啊！腦筋轉得多快啊！他英文說得多麼流利啊！他多會按鈕叫人，多會罵跑腿的男孩，他天生就是老闆！

他去男女士襯衫和領帶部門看女兒，「日安，爸爸！」她喊道，雖然正在服務別的客人。她向他表現出尊敬，在家裡可不是這樣。她也許並不愛他，但是《聖經》裡寫的也不是：愛你的父親和母親！而是：尊敬你的父親和母親！他對她點點頭，然後離開。他朝家裡去。他感覺自己有自信了，在街道正中央慢慢走著，跟鄰居打打招呼，為孩子們感到高興。他仍然戴著他黑色羅緞做的帽子，半身的長袍和高筒靴，但是他的衣襬不再因為疾行而像翅膀般拍打在靴筒上。曼德爾．辛格在一切都匆匆忙忙的美國，也學會慢慢地行走。

於是他慢慢地在時間之中走向老年，從早禱到晚禱，從早飯到晚飯，從醒來到入眠。下午，在老家大約是他的學生來上課的時候，他會躺在馬毛沙發上小睡一個小時，並且在夢中去見梅努因。然後他看看報紙，接著去斯科羅內克（SkowronneK）家開的店鋪，店裡賣的是留聲機、唱片、樂譜和歌譜，也播放音樂和歌曲。附近所有年紀較長的人都聚集在這個店裡，他們聊一聊政治，講講家鄉的小故事。有時候，如果不小心待太晚，他們就進斯科羅內克家的客廳，很快地做個晚禱。

回家的路上，曼德爾試圖將時程拉長一點，他沉浸在想像中，想像家裡有一封信在等他。信中清楚明確地寫著：第一，梅努因恢復健康，變得聰明伶俐；第二，約拿斯因為身體輕微虛弱而退伍了，並想到美國來。曼德爾．辛格知道，這封信還沒有到來。但是他同時想給這封信製造一個有利的機會，讓它因感興趣而現身。接著他帶著輕微的心動，拉了一下門鈴。但在他看見黛博拉的那一瞬間，一切想像都結束了。信還沒有出現，這個夜晚又將如同其他的夜晚一般。

有一天，他繞路回家，在巷子的拐角處看到一個發育不良的男孩，從遠處望過去，他覺得這個男孩很眼熟。這個男孩依在門上，正在哭。曼德爾聽見細細的嗚咽，雖然聲音是那麼微弱，還是傳到對面街道上曼德爾的耳朵裡。曼德爾對這個聲音很熟悉，他停下腳步。他決定過去男孩那邊問他，安慰他。他開始行動。突然，嗚咽聲變得更響，曼德爾在街中央停頓下來。傍晚的陰暗和在小男孩蹲伏的門的暗影中，這個男孩似乎有著梅努因的輪廓和舉止。沒錯，在老家祖賀瑙的門檻前，梅努因也是這樣蜷縮著，嗚嗚地哭。曼德爾再走近幾步，那個小男孩倏地進屋了。曼德爾一直走到門口，但是黑暗的走廊已經把小男孩吞沒。曼德爾走路回家的速度比之前更慢了。

當他搖鈴時，來開門的不是黛博拉，而是他的兒子山姆。曼德爾在門檻上愣了一下。雖然他除了準備好迎接驚喜之外沒有別的想法，但他還是怕有什麼不幸發生了。是的，他的心裡就是已經這麼習慣不幸，即使為幸福花了很長的時間做準備之後，他總也還是會恐懼。像我這樣的人，他想，會有什麼令人驚喜的快樂降臨？所有突如其來的，都是噩耗，而好事總是多磨。

哲麥耶的聲音很快讓他鎮定下來。「進來吧！」山姆說。他拉著父親的手進屋。黛博拉點了兩盞燈。他的媳婦薇佳、蜜嘉和馬克圍著桌子坐著。曼德爾感覺整個房子變樣了。那兩盞燈——兩盞樣式一樣——看起來像雙胞胎，照亮的似乎不是屋裡，而是它們自己。這兩盞燈看起來好像在相視而笑，你對我、我對你笑，這讓曼德爾心情特別好。「坐吧，爸爸！」山姆說。他並不感到好奇，曼德爾已經在害怕現在會出現一個讓每個人都微笑，而他卻沒有能夠找到笑點的美國故事。能發生什麼事呢？他想。他們一定是送了我一台留聲機，或者他們決定慶祝結婚紀念日。他拖泥帶水、慢吞吞地坐下，所有的人都安靜無言。然後山姆發話，他似乎是在房間裡點亮的第三盞燈：「爸爸，我們一下子賺了一萬五千美金。」

曼德爾站起來，跟在場的每個人握手。他首先把手伸給馬克，曼德爾跟他說：「感謝您。」山姆把這三個字翻譯成英文。馬克現在也站起來，給曼德爾一個擁抱。然後他開始說話，就停不下來了。這個晚上除了馬克，再也沒有誰說話。黛博拉計算這筆錢是多少盧布，一直算不出來。薇佳在想新房子裡的新家具，尤其想要一架鋼琴，她的兒子應該要學鋼琴。曼德爾想回老家一趟。蜜嘉專心聽馬克說話，嘗試去理解他說的一切。因為他的語言，她不是完全懂得，她覺得馬克經常說話太過聰明而無法被理解。山姆在考慮，該把所有的錢都花在他的百貨商店上嗎？只有馬克想得很少，也不擔心，不做任何計畫。他想到什麼，就說什麼。

第二天，他們坐車前往大西洋城（Atlantic City）。「大自然真美麗！」黛博拉說。而曼德爾只看到大海，想到以前在故鄉時那個狂野的夜晚，他和薩梅施金在馬路邊的溝裡的那個夜晚。他聽到蟲叫，聽到蛙鳴。「在我們老家那邊，」他突然說，「土地遼闊得像是美國的大海。」他根本沒有想要說這個。「你聽到爸爸說什麼嗎？」黛博拉說，「他老了！」是，是，我老了，曼德爾心想。

當他們回到家的時候，門縫裡躺著一封又厚又腫的信，郵差無法把信塞進屋裡。「你看，」曼德爾彎下腰說，「這封信是一封好信，我們開始走運了。好運會一個帶著一個來，讚美上帝，願祂繼續幫助我們。」

這封信是比爾斯家寄來的，而且真的是一封報喜的信。信的內容包含梅努因突然開始說話的消息。

「索爾蒂修克（Soltysiuk）醫生看到他，」比爾斯家寫著，「簡直無法置信。他想把梅努因送到聖彼得堡（Petersburg），在那裡有名醫們願意為他傷神。有一天，那是星期四下午，他自己一個人在家裡。而一如每個星期四，爐灶裡有火在燒，然後一塊燃燒的木頭掉出來，結果現在整個地板燒毀了，而且牆壁必須重新粉刷。這得花不少錢啊。梅努因跑到街上，他的聲音現在也變得宏亮了，他大叫：『失火了！』從那時候起，他開始講一些話了。

遺憾的是，那是約拿斯離開的一個星期之後。你們的約拿斯回家了，是回來度假的，他成為一個真正的士兵了。他完全不知道，你們人在美國。他也給你們寫信了，下一頁就是。」

曼德爾翻頁，繼續讀：

「親愛的父親、親愛的母親、親愛的弟弟、親愛的妹妹！

原來你們在美國，這對我好像晴天霹靂。雖然是我自己活該，因為我從未，或者，我記得只有給你們寫過一次信。雖然如此，正如我所說，這個消息讓我很意外、很難過。沒關係的，別在意。我過得很好。所有的人都對我很好，我對別人也是。尤其我對馬兒很好，我能像最棒的哥薩克人一樣騎馬，而且能夠在騎馬奔跑時，從地上拾起一條手帕。這些事情我喜歡做，我也樂於待在軍隊。兵役服完後，我會繼續留在軍隊裡。我們在軍隊裡被供養著，有吃的，一切必要的東西，都是上面的人打點訂購的，我們自己不必為生活思慮太多。我不知道我這樣寫，你們是否能完全理解。也許你們完全不能吧。在馬廄裡很溫暖，而我非常喜愛馬兒。你們要是有誰回來，就能來看我。我的隊長說，如果我繼續當一個好士兵，就可以向沙皇請願，就是向出身高貴的皇上陛下請願，讓我弟弟逃兵的罪行被原諒和被遺忘。這會是我人生最大的喜悅，如果我這輩子還見得到哲麥耶的話。我們畢竟是一起長大的。

薩梅施金向你們問好，他也過得很好。

這裡有時候會傳說，戰爭要爆發了。如果戰爭真的開始，你們要有我會戰死的心理準備，如同我自己已經準備好一樣，因為我是一個士兵。真的那樣的話，我現在擁抱你們，並且永遠地擁抱你們。但是請別悲傷，也許我會活下來。

你們的兒子，約拿斯」

曼德爾．辛格把信放下，看到黛博拉在哭，這麼多年來，他第一次重新握住她的雙手。他把她的手從那張臉前面移開，幾乎是莊嚴地說：「好了，黛博拉，上帝幫助了我們。圍上圍巾，下去買一瓶蜂蜜酒回來。」

他們坐在桌前，用茶杯喝蜂蜜酒，互相注視並且在想一樣的事。「拉比是對的，」黛博拉說。她記憶清晰地將在心中沉睡已久的話說了出來：「痛苦讓他有智慧，醜陋讓他內心善良，苦澀讓他溫和，而病痛讓他強大。」

「這些你從來沒有告訴過我。」曼德爾說。

「我忘了。」

「當時應該跟約拿斯一起去克魯奇斯克的。他愛馬勝過愛我們。」

「他還年輕。」黛博拉安慰地說。「也許他愛馬是好事。」由於她不讓任何釋放惡意的機會溜走，所以補上一句：「愛馬的天性不是從你那裡遺傳的。」

「的確不是。」曼德爾溫和地微笑。

他開始考慮回鄉一趟。現在梅努因也許很快就會被帶到美國。他點燃一支蠟燭，把燈熄滅，然後說：「去睡吧，黛博拉！等一下蜜嘉回來，我會把信給她看。今天我不睡了。」

他把他老舊的祈禱書從行李箱裡拿出來，這本書最習慣的地方就是在他的手中。他一下子就翻到詩篇，然後一篇接一篇地吟唱。歌聲從他的內裡發出，替他唱出他所經歷的恩典和喜樂。

即使在他頭上，上帝寬大、廣闊、仁慈的手也罩著。被上帝的手遮蔽護佑，為了頌讚上帝的手，他把讚美詩一首接著一首唱下去。蠟燭在曼德爾搖晃的上半身激起的風中，微弱但急切地閃爍。他的腳跟著詩歌的韻律拍打，他的心在歡呼，他的身體幾乎要起舞。

11

憂愁第一次離開了曼德爾．辛格的家。他們原本很習慣憂愁，跟憂愁作伴就像是愛吵架的兄弟姊妹共處。他現在五十九歲，認識憂愁也已經五十八年，憂愁離開了他，就是死亡要悄悄靠近。他的鬍子白了，視力衰退。他的背彎了，手會顫抖。睡眠淺，黑夜長。滿足感像跟陌生人借的新袍一樣，他小心翼翼地穿著。他的兒子搬到富人區居住，曼德爾留在他的巷子裡，他的住處，留在藍色的煤油燈旁，窮人、貓和老鼠的鄰近處。他虔誠、敬畏上帝、平庸，是一個再平常不過的猶太人，沒有什麼人會注意到他。他白天會去拜訪幾個老朋友：孟克斯（Menkes），賣水果的，斯科羅內克，開樂器行的，羅騰貝克（Rottenberg），抄寫聖經的，格羅舍爾（Groschel），修鞋的。一週三次，他的三個孩子、他的孫子和馬克會過來看他。他和他們沒有什麼話好說。他們跟他講劇院、社會和政治的故事。他聽著聽著，就睡著了。如果黛博拉叫醒他，他就睜開眼睛保證說，「我沒有睡著！」馬克大笑，山姆微笑，蜜嘉跟黛博拉耳語。曼德爾保持一段清醒時間後，又再度睡著。他夢見家鄉的人事物，還有他在美國只是聽聞的事情，像劇院、雜技演員和穿金戴紅的舞女、美國總統、白宮、億萬富翁范德比爾特，以及一次又一次關於梅努因的。小小的殘障身體混雜在金色、紅色的歌女中，像個可憐的灰色污漬，貼在白宮耀眼的光芒前。用清醒的眼睛看這個和那個，曼德爾太老了辦不到。他相信他的孩子們所說，說美國是上帝的國度，紐約是奇蹟之城，而英語是世界上最美的語言。美國人是強健的，美國女人是美麗的，運動是重要的，時間是寶貴的，貧窮是罪惡，財富是理所當然，美德是成功的一半，自信是一切，跳舞是合乎衛生的，溜滑輪是義務，慈善是投資，無政府主義是犯罪，罷工是人類的敵人，惡魔的盟友是煽動者，現代的機器是來自天堂的祝福，愛迪生（Edison）是最偉大的天才。不久之後，人類就會像鳥一樣飛、像魚一樣游，像先知一樣眼見未來，在永恆的和平中生活，在完美的和諧中建造直達星星的摩天大樓。世界會變得非常美麗，曼德爾想，我的孫子多幸福啊！他將經歷這一切！雖然如此，在他對未來的欽羨中，夾雜了對俄國的鄉愁。而且他知道他會在生者的勝利之前成為死者，這讓他很安心。他不知道為什麼，但是這讓他安心。對新的人事物來說他已經太老了，對勝利來說他又太虛弱。他只剩下一個願望：見到梅努因。山姆或者馬克會過去接他，黛博拉也許也一起去。

夏天了，曼德爾．辛格房子裡的跳蚤繁殖，勢不可擋，雖然黃銅小滾輪白天放在床腳邊，晚上立在裝滿煤油的小缽裡，雖然黛博拉用蘸了松節油的細巧雞毛撫過家具所有的細縫。臭蟲還是排著長長的、有秩序的隊伍，貼著牆壁、天花板向下移動，帶著嗜血的惡意等待黑暗來臨，然後落到熟睡的人的床上。跳蚤從木板之間的黑色細縫跳到衣服上、枕頭上、被子上。夜裡又熱又潮，從開著的窗戶不時傳來遠處不知名火車的轟隆聲，那是遙遠繁忙世界中短暫有規律的響聲，還有來自鄰近房屋、糞堆和沒有加蓋的運河的混濁霧氣。貓在吵，無主的狗在吠叫，嬰兒徹夜哭鬧，曼德爾·辛格頭上是睡不著的人在踱步、感冒的人在打噴嚏、疲憊的貓在痛苦的呵欠中喵喵叫。曼德爾·辛格點亮床邊綠色瓶中的蠟燭，走到窗邊。然後他看到某處正在發生、生動搖曳的美國夜晚的紅色的反射，以及探照燈似乎絕望地在夜空中尋找上帝那規律的、銀色的陰影。是的，曼德爾·辛格同樣也看到幾顆星星，幾顆微弱可憐的星星，殘缺的星座。曼德爾·辛格想起老家滿天星斗的夜，廣闊天空的深藍，月亮像鐮刀的彎圓，森林中松樹沙沙，蟲叫蛙鳴。他感覺這似乎成為很容易的事，現在，像他這樣走著、站著，輕易就離開了房子，徒步繼續漫遊下去，一整夜不斷漫步、行走，直到他重新置身在廣闊的天空下，聽到蛙叫、蟲鳴，以及梅努因的嗚嗚哇哇。在美國這裡有這麼多聲音集結，在這些聲音中，故鄉對著蟋蟀吱吱和青蛙呱呱在歌唱和交談。而此處、彼處之間，是有大洋相隔的，曼德爾想。那就必須登船，再登船，再航行二十個晝夜。然後他就可以到家了，回到梅努因身邊。

孩子們勸他搬離那個街區。他害怕，他不想得意忘形。現在，一切開始好轉的時候，上帝的憤怒惹不起。他什麼時候被賜過更好的福氣？搬到其他的街區做什麼？有什麼好處？在他還能活著的這幾年，他能夠忍受和跳蚤一起生活。

他轉身看到黛博拉睡在那裡。之前在這個房間是她和蜜嘉一起睡。蜜嘉現在住在哥哥那邊，或者偷偷地住在馬克那裡，曼德爾想。黛博拉睡得很安穩，被子蓋一半，臉上掛著笑容。她跟我有什麼關係？曼德爾想，為什麼我們還生活在一起？我們之間的情慾已經過去了，我們的孩子長大了，也自立了，我在她身邊做什麼？吃她做的飯！《聖經》說，孤獨一人是不好的。於是，我們就一起生活。他們在一起生活很久了，現在重要的是，誰會先死去。也許是我，曼德爾想。她很健康，又沒什麼煩惱。她仍然在某一塊地板下面藏錢，她不知道，這是罪惡！希望她不要告訴我！

瓶子頸部的蠟燭已經燒完，一夜過去了。太陽還未露臉，早晨第一道聲響已經可以聽見。在某處有門打開發出刺耳的聲音，隆隆的腳步聲在樓梯間裡，天空泛白，從大地上一股黃色的薄霧升起，是運河的灰塵和硫磺。黛博拉醒來，嘆口氣說：「要下雨了！

運河好臭，把窗戶關上！」

夏天的日子就這樣開始。下午的時候，曼德爾在家裡無法睡覺。他去兒童遊戲場，享受聆聽稀有黑鳥的歌聲，在長凳上坐很久，撐著雨傘在沙上畫糾結的線條。橡膠軟管將水噴灑在草坪上的水聲，曼德爾．辛格的臉沁涼起來。他相信自己感覺到水，然後他睡著。他夢見劇院，夢見穿紅戴綠的雜耍演員，夢見白宮，夢見美國總統，夢見億萬富翁范德比爾特，他夢見梅努因。

有一天，馬克來了。他說（蜜嘉陪著他，並翻譯他說的話），他七月底或者八月將去俄國，去接梅努因。

曼德爾心裡隱約明白，馬克為什麼要去。他也許想要娶蜜嘉。他為了辛格家，可以做任何事。如果我死了，曼德爾想，蜜嘉和馬克就可以結婚了。他們兩個就在等我死，我有的是時間，我要等梅努因。現在是六月，一個既炎熱又漫長的月分。什麼時候七月才會到來？

七月底馬克訂了船票，而要給比爾斯家的信也寫了。曼德爾去斯科羅內克的店裡跟大家分享他的喜悅，說他最小的兒子同樣也要到美國來了。斯科羅內克的店裡比往常，比起其他的日子裡，集結更多的人，每個人手裡都拿著報紙。在歐洲，戰爭爆發了。

馬克無法去俄國，梅努因不能到美國來了。戰爭爆發了。

憂愁不是剛剛才離開曼德爾嗎？憂愁一走，然後戰爭就爆發了。

約拿斯要參戰，梅努因在俄國。

每週兩次，山姆和蜜嘉、薇佳和馬克都會來拜訪曼德爾．辛格。他們煞費心思不去提起老大約拿斯會有的下場，和梅努因可能面臨的危險生活。他們似乎相信，他們可以把曼德爾對著歐洲遙望的眼睛轉移到他們自己的幸福成就和安全感上。他們彷彿置身於曼德爾．辛格和戰爭之間。雖然他似乎在傾聽他們講述，對他們的假設——約拿斯在辦公室服役、梅努因因為身上特殊的疾病安全躺在聖彼得堡的醫院裡——表示贊同，但實際在他眼前的是，兒子約拿斯和他的馬摔倒在戰地記者描述得栩栩如生的帶刺的鐵絲網上。而他在祖賀瑙的小房子起火燃燒——梅努因躺在角落快被燒焦了。偶爾他也鼓起勇氣說一句，「我自己去帶梅努因就好了。」

沒有人知道要怎麼回應。這句話曼德爾已經說了幾次，這話一說完，完整、同樣的沉默總是突然降臨，就好像老人用這個句子把房間裡的燈熄滅，轉瞬一黑，沒有人看得到手指指向哪裡。他們沉默了很久之後，起身告辭。

曼德爾．辛格在身後把門關上，讓黛博拉去睡覺，點一支蠟燭，開始朗誦一首接一首的詩歌。靜好時光時他唱誦這些詩歌，艱難時期也一樣。當他感謝天，當他對上帝感到敬畏，他唱詩歌。曼德爾搖擺的動作始終如一，一個細心的傾聽者也許會認出，正義者曼德爾現在是感謝，還是充滿恐懼也只有透過他的聲音。

這些夜裡，恐懼震撼著他，就像風在搖一棵羸弱的樹。憂愁在他的聲音裡，他用一個陌生的聲音唱著。他唱完，闔上書，把書舉到唇邊吻了吻，然後熄滅了燭火。但是他無法感到寧靜。太少了，太少了——他對自己說——我做得太少了。有時他會震驚地意識到，他唯一的手段，就是唱詩歌這個舉動，在約拿斯和梅努因會喪命的大風暴中，他其實無能為力。大砲，他想，聲音強大，火焰也具是暴力，我的孩子們燒死，都是我的過錯，我的過錯！而我還在唱聖歌。這怎麼夠！這怎麼會足夠！

12

所有在斯科羅內克店鋪裡，在這個政治性的下午，賭美國會保持中立的人，後來都輸了。秋天了。早上七點，曼德爾．辛格醒來。八點的時候，他已經站在房子前面的馬路上。雪還是又白又硬，像故鄉祖賀瑙的雪一樣。但是這裡的雪很快會被踩爛。在美國，白雪只能維持一個晚上。清晨一到，報童的雙腳就會輕快地揉爛白雪。曼德爾．辛格等著一個報童經過，跟他買下報紙，然後回屋。藍色的煤油燈還亮著，它照亮猶如黑夜般的早晨。曼德爾掀開報紙，報紙很厚，黏黏的，而且弄濕了，它聞起來和一盞燈一樣。他把戰區的報告讀了兩遍、三遍、四遍。他了解到一下子有一萬五千個德國人被俘虜，俄國人在布科維納（Bukowina）恢復了進攻。

單單如此，對他來說是不夠的。他摘下眼鏡，擦乾淨，重新戴上，重新再讀一次戰爭報導。他的眼睛檢查過濾每一行，這裡面連一次山姆．辛格、梅努因、約拿斯的名字都沒有出現嗎？

「報紙裡有什麼新聞？」猶如每天早晨，黛博拉問道。「什麼新的都沒有！」曼德爾回答，「俄國人戰勝，然後德國人被俘虜。」

一片寂靜。茶在酒精爐上沸騰，沸騰的聲音幾乎像家裡的茶爐，只是茶的味道不同，茶變質了，美國茶，雖然茶包是用中國紙包著的。「連茶都不是茶！」曼德爾一邊說，一邊驚訝自己在說這些瑣事。他想說的其實是別的？世界上有這麼多重要的事，曼德爾居然在抱怨茶。俄國人戰勝，德國人被俘虜，但是沒有山姆一點消息，也沒有梅努因任何消息。

兩週前曼德爾寫過信，甚至紅十字會也告知他們，約拿斯目前下落不明。他可能已經死了，黛博拉暗想。曼德爾也是這麼想的。但是他們大費周章的議論「下落不明」這個詞的意思，彷彿死亡的可能性完全不在詞義之內，他們一再互相同意，「下落不明」只能意味著被俘虜了、逃兵了，或受傷了、被囚禁中。

為什麼山姆這麼久不寫信？他在一段較長的行軍途中，或者正在一場「改組」中，下午在斯科羅內克那邊被更詳細解釋的那種改組，性質和意義不同。

實在不能說出口來，曼德爾心想，山姆當初不應該去的。

這句話的後半部分，他還是大聲說出來了，黛博拉聽見說：「這你明白的，曼德爾。」黛博拉所有支持山姆參與美國戰爭的論點，都是從她的女兒蜜嘉那裡得來的。

「美國不是俄國，美國是一個祖國，每個像樣的人都有義務為祖國去打仗。馬克去了，山姆是不可能不去的。除此之外，感謝上帝，他在司令參謀部，在那裡他不會陣亡的。如果所有高級軍官都犧牲是被允許的話，根本無法打勝仗，還好山姆在高級軍官旁邊，感謝上帝！」

「我的一個兒子給了沙皇，難道還不夠嗎！」

「沙皇是一回事，美國是另一回事！」

曼德爾不再跟他們爭辯，所有的論點他都聽過了。他記得這兩個人，馬克和山姆，離開的那一天。他們兩人一起唱著一首美國歌曲，在巷子正中央。那天傍晚，大家在斯科羅內克店裡說，山姆並沒有被徵召，而且他是個英俊的士兵。

也許美國是一個祖國，參戰是義務，懦弱是恥辱，司令參謀部不會死！儘管如此，曼德爾還是在想，我是父親，我應該說話的。山姆，不要去！我應該這麼說的。為了能夠看見幸福的一角，我等待了這麼多年。現在約拿斯在軍隊裡，天知道梅努因又會發生什麼事，而你有妻子、一個孩子和一家商店，留在家吧，山姆！這麼說的話，他也許就會留下。

曼德爾按照老習慣，站在窗邊，背對房間。他在看對面二樓萊梅爾（Lemmel）家用棕色硬紙板封住的破窗。樓下猶太人塞爾徹（Selcher）家的店有希伯來文招牌，藍色泛白的底，骯髒的白色字母。甚至塞爾徹家的兒子也參軍了。塞爾徹全家都去上夜校學習英文。傍晚的時候，他們帶著書本去上學，跟小孩一樣。也許這才是對的，也許曼德爾和黛博拉也該去上學。美國是祖國。

雪仍在稀疏地下，緩慢的、懶散的、濡濕的雪花。打著黑色雨傘在頭頂上搖晃，猶太人已經開始散步。外出的人愈來愈多，他們走在巷道中央，將最後的白雪在腳下踩爛。就好像是為了有關當局的利益，他們不得不走來走去，直到雪完全消滅為止。從窗戶看出去，曼德爾看不到天空。但是他知道，天色是灰暗的。對面所有的窗上，他都看到黃紅色的燈光反映。天色陰暗，所有的房間裡也都是如此。

不久，到處都可見一扇扇窗戶打開了，女鄰居的上半身探出來，將紅色和白色的被套以及脫了套子淡黃色的墊子吊掛在窗邊。突然之間整條巷弄繽紛熱鬧起來。女鄰居互相大聲問好，從房子深處傳出碗盤碰撞、孩子吵鬧的聲音。幾乎可以相信，現在世界是一片和平，如果戰爭進行曲不從斯科羅內克店裡的留聲機傳出，在大街小巷亂竄的話。

星期天是什麼時候？曼德爾想。之前他的生活是從一個星期六到下一個星期六，現在他從星期日過到下一個星期日。星期日會有訪客，蜜嘉、薇佳還有孫子會來。他們會帶來山姆的信，或者至少一些日常新聞。所有的事他們都知道，所有的報紙他們都讀。現在商店是他們一起在經營的，生意一直很好，他們很勤奮，他們在賺錢並等待山姆的歸來。蜜嘉有時候會帶古綠格（Glück）先生一起來，店裡的第一經理。她跟古綠格一起去跳舞。一個新的哥薩克人！曼德爾心想，但是他沒說什麼。

「我無法去參戰，真遺憾！」Mister 古綠格（古綠格先生）嘆著氣說，「我的心瓣膜有嚴重的毛病，唯一從我有福的父親那裡遺傳到的。」曼德爾看著古綠格粉紅色的雙頰，他小小的、棕色的眼睛，以及他時常去摸弄、與時尚背道而馳、矯揉做作、細絨般的小髭。他坐在蜜嘉和薇佳中間，當曼德爾在談話中從桌邊起身時，他覺得他看到古綠格先生右手放在薇佳的膝蓋上，左手放在蜜嘉的大腿上。曼德爾走出家門上街，在房子前面來回踱步，等待客人離去。

「你表現得像個俄國猶太人。」當他回來的時候，黛博拉說。

「我就是一個俄國猶太人。」曼德爾回答。

有一天，那是週間的一天，二月初的時候，曼德爾和黛博拉坐著吃午餐時，蜜嘉走進來。

「日安，媽媽！」她說，「日安，爸！」於是就站住不動了。

黛博拉放下湯匙，也把湯盤推開。曼德爾看著眼前這兩個女人，不尋常的事在發生。蜜嘉在週間過來，而且時間點是她必須在店裡的時候。他的心臟大聲跳動，但是他很冷靜。他相信自己記得這一幕，因這一幕以前他曾經上演過。蜜嘉身披黑色雨衣，沉默地站著。黛博拉坐著，湯盤推得遠遠的，幾乎到了桌子中間。外面下著雪，雪花緩慢鬆軟。燈光泛黃，燈的光線就像它的味道一樣充滿油脂。燈光在和虛弱而蒼白，但仍舊強大到足以用淺灰色覆蓋整個房間的昏暗天色搏鬥般。曼德爾．辛格很清楚地記得這個光線，他曾經夢到這一幕。他也知道，接下來會發生什麼。所有的一切曼德爾已經知道了。這些彷彿早在很久以前，彷彿早在幾年前，痛苦就已經轉成了悲傷。曼德爾此時很冷靜。

安靜的幾秒過去，蜜嘉不說話，似乎希望父親或母親能夠提出問題或問她什麼，這樣就能免除她傳遞消息的義務。她沉默地站著，三個人中沒有誰有動作。

曼德爾站起來，並說：「不幸發生了！」

蜜嘉說：「馬克回來了。他帶回來山姆的手錶，和他最後的問候。」

黛博拉安靜地坐在沙發上，好像什麼事都沒有發生。她的眼睛是乾的，而且空洞得像兩塊深色玻璃。她面對窗戶，似乎在數算外頭飄落的雪花。一切是那麼安靜，時鐘冷硬的滴答聲聽得非常清楚。

突然，黛博拉手指開始非常緩慢地爬動，去拉扯她的頭髮。她把髮辮一綹接一綹拉過來，蓋在像沒有情緒的石膏像那樣慘白的臉上。然後，幾乎以與屋外往下飄落的雪花相同的速度，她一撮接著一撮地把頭髮扯掉。頭髮中間很快出現了兩、三個白色島嶼，幾個裸露頭皮的圓點和非常微小的紅色血滴。沒有人移動。時鐘滴答，雪花飄落，黛博拉扯下自己的頭髮。

蜜嘉雙膝一沉，把頭埋進黛博拉的膝上，不再移動。黛博拉臉上表情一點都沒有改變，雙手交替拉扯著頭髮。她的手彷彿是蒼白、多肉、五足的動物，以頭髮為食。

曼德爾站著，交抱的雙臂在沙發扶手上方。

黛博拉開始唱歌，聲音低沉得像男人，聽起來似乎有一個看不見的歌手在房間裡。這個陌生的聲音在唱一首沒有歌詞的古老猶太歌謠，給死去的孩子所唱的黑色搖籃曲。

蜜嘉起身，把帽子扶正，走到門邊好讓馬克進來。

他穿軍服看起來比穿便服高大，他雙手在身前像盤子一樣平持，手上端著山姆的手錶、皮夾和他的錢包。

馬克把這些東西慢慢地放到桌上，正好位在黛博拉面前。他看了一會兒黛博拉，她在扯頭髮，然後他走到曼德爾身邊，把他的大手放到曼德爾肩膀上，無聲地哭泣。他的眼淚像驟雨流下，滴在軍服上。

一切安靜下來，黛博拉的歌聲停了，時鐘滴答，夜晚突然降臨到世界上。燈光不再是黃色的，而是白色的。窗玻璃後面的世界是黑色，雪花不再可見。

突然一聲怪叫聲音從黛博拉胸中發出，聽起來像是她之前所唱的歌曲的餘韻，爆裂的、斷折的音調。

然後黛博拉從沙發上跌落，她躺在地上，彎曲柔軟的一團。

馬克推開門出去，門大開，房間裡變冷。

馬克回來，帶著一個醫生，一個個子矮小、靈巧、灰髮的男人。

蜜嘉站在父親對面。

馬克和醫生把黛博拉抱到床上。

醫生坐在床沿，說：「她死了。」

梅努因也死了，獨自地在陌生人之間，曼德爾・辛格想。

13

整整七天，曼德爾·辛格坐在衣櫃旁邊的凳子上，看著窗戶，窗戶玻璃上作為哀悼的標誌，掛著一塊白色帆布，日與夜兩盞藍燈輪替地亮著。七個整天一天接一天滾來，像又大又黑緩慢的輪胎，沒有開始也沒有結束，像喪期一樣是圓整的。鄰居一個接著一個地來：孟克斯、斯科羅內克、羅騰貝格和格羅舍爾，大家都帶給曼德爾·辛格水煮蛋、貝果麵包，圓形的食物，沒有開始也沒有結束，像七天的喪期一樣圓整。

曼德爾和訪客沒有說什麼話。他幾乎察覺不到他們來了又走。日夜他的門都敞開著，門栓完全沒有意義。誰願意來就來，誰想離開就離開。這個人或者那個人嘗試展開對話，但是曼德爾不搭話。當別人講述活著的事物時，他就和死去的妻子說話。「妳怎麼這麼好命，黛博拉！」他對她說。「只可惜妳沒有給我留個兒子，我必須自己唸喪葬禱詞。我不久也要死了，到時候沒有人哭我們啊。我們會像兩粒微塵隨風散去，像兩束微光轉瞬熄滅。我生了孩子，妳哺育他們，死亡攫走他們。妳的一輩子憂苦沒有意義，妳年輕的時候，我享受妳的肉體之歡，妳老去了，我嫌棄它。也許這就是我們的罪，我們周圍的一切都死了，一切都枯萎腐壞，因為我們心中沒有愛的溫暖，有的只是我們之間習慣的冰霜。妳命真好，黛博拉，上帝憐惜妳，妳死了可以被埋葬。祂對我沒有慈悲之心，因為我的心已經死了，而我卻仍然必須活著。祂是上帝，祂知道祂在做什麼。如果妳願意，請為我祈禱，讓祂把我從生死簿裡劃除。妳看，黛博拉，鄰居來安慰我，雖然他們人那麼多，雖然他們絞盡腦汁，對我的處境他們還是無語。我的心臟還在跳動，我的眼睛還在注視，我的四肢還在動作，我的腳還在走路。我吃飯、喝水，也祈禱、呼吸。但是我的血液凝結了，我的手乾癟枯萎，我的心是空的。我不再是曼德爾．辛格，我只是他的剩餘。美國殺了我們。美國是一個祖國，但是是一個致命的祖國。我們老家那邊是白天的時候，這裡是黑夜。在老家是活的，在這裡是死的。在我們老家叫做哲麥耶的兒子，在這裡叫做山姆。妳在美國被埋葬，黛博拉，即使是我，曼德爾．辛格，也將在美國被埋葬。」

第八天早晨，當曼德爾．辛格從哀悼中振作起來時，他的媳婦薇佳來了，陪同的還有古綠格先生。

「Mister 辛格（辛格先生），」古綠格先生說，「下面車子在等候，您必須跟我們去一趟，蜜嘉出事了。」

「好，」曼德爾無可無不可地回答，好像人家告訴他的是他的房間要貼壁紙。「好，把大衣給我。」曼德爾虛弱的手臂拿起大衣穿上，走下樓梯。古綠格先生把他塞進車子，一路上都沒有說話。曼德爾沒有問蜜嘉發生什麼事，也許她死了，他靜靜地想，馬克因為吃醋把她殺了。

他第一次踏入他死去的兒子的家，他被推進一個房間，蜜嘉躺在裡面一張寬大、白色的床上。她的頭髮鬆散地編成辮子，閃亮、黑藍躺在白色的枕頭上。她的面容像火燒，黑色的眼睛有又大又圓的紅眼圈，蜜嘉的眼睛周圍環繞著火環。一個護士坐在她旁邊，馬克站在一個角落，像一件很大的家具，但是不會動。

「曼德爾．辛格來了。」蜜嘉喊道，她向父親伸出一隻手，開始大笑。她的笑持續了幾分鐘，聽起來像是在火車站裡尖銳、不間斷的信號聲，像用一千個黃銅槌敲打幾千個薄脆水晶玻璃杯的聲音。笑聲突然中斷，沉默持續一秒，然後蜜嘉開始抽泣。她推開被子，赤裸的雙腿用力踩，雙腳有規律而且快速地踩在柔軟的床上，愈來愈快，愈來愈規律，同時，她緊握的拳頭以相同的節奏在空中揮舞。護士用力抱住她，她稍微安靜下來。「日安，曼德爾先生！」蜜嘉說。「你是我父親，我可以跟你說，我愛站在那邊的那個馬克，但是我欺騙了他。我跟古綠格先生一起睡了，對，跟古綠格先生！古綠格是我的古綠格，馬克是我的馬克。曼德爾．辛格我也喜歡，如果你要的話——」護士用手遮住蜜嘉的嘴巴，蜜嘉就沉默了。

曼德爾．辛格還站在門口，馬克還站在角落，兩個人持續看著對方。因為他們無法用語言溝通，所以只好一直在用眼睛交談。「她瘋了。」曼德爾．辛格的眼睛對馬克的眼睛說。「沒有男人她活不下去，她瘋了。」

薇佳進來，說：「我們請了一個醫生，他應該馬上就到了。從昨天開始，蜜嘉就一直在胡言亂語。她跟馬克出去散步，回來的時候，她的舉止就開始失常，令人不解。醫生馬上來了。」醫生來了，是一個德國人，他和曼德爾可以溝通。「我們得把她送進精神病院，」醫生說，「很遺憾的，您的女兒必須進精神病院。請稍候，我幫她麻醉。」

馬克仍站在房間裡。「可以麻煩您把她抓牢嗎？」醫生問。馬克用他的大手握住蜜嘉，醫生在她的大腿上打了一針。「等一會兒她就會安靜下來！」他說。

救護車到了，兩個帶著擔架的人走進房間。蜜嘉睡著，她被綁到擔架上。曼德爾、馬克和薇佳跟在救護車後面一起去。

「這個妳沒有經歷過，」他們在路上的時候，曼德爾跟他的妻子黛博拉說，「我還在經歷，但是我早就知道會這樣。從那天晚上我在田間看到蜜嘉和哥薩克人在一起時，我就知道了。她被魔鬼附身了。為我們祈禱吧，黛博拉，讓魔鬼離開她。」

現在曼德爾坐在病院的候診室，被其他也在等待的人包圍，這些人在小桌子前，插滿黃色夏日花朵的花瓶，以及裝著色彩鮮豔圖畫雜誌的架子立在小桌子上。但是等待的人之中，沒有人去聞花香，沒有人去翻閱雜誌。曼德爾一開始的時候，覺得這些和他一起坐在這裡的人都瘋了，而他自己和所有的人一樣，也是一個瘋子。然後他透過將這個候診室與粉刷成白色的走廊隔開的寬闊鏡面玻璃門，他看到外面穿著藍條紋外衣的人被帶過去。先是女人，然後男人，有時這些病人其中的一個會將其狂野、緊繃、撕裂、憤怒的臉，透過玻璃門投影進入候診室。所有等待的人都受到驚嚇，只有曼德爾保持冷靜。是的，他覺得很奇怪，為什麼在等待的人不也穿著藍色條紋外衣，而他自己也沒有穿。

他坐在一張寬大的皮革扶手椅上，黑色羅紋絲帽倒扣在膝蓋上。他的雨傘，忠實的夥伴，靠在扶手椅上。曼德爾輪流看著人、玻璃門、雜誌、外面還在路過的——被帶去澡間的人、看著花瓶裡的金色花朵。這些花朵是黃色的報春花，曼德爾記得，他經常在老家綠色的草地上看到。這些花來自故鄉，他深深的想念之處。那裡有綠色的草地，和這些花朵！在故鄉是平和的，在故鄉是青春的，在故鄉，貧窮也是熟悉的。夏天時節，天空那麼湛藍，太陽那麼熱烈，穀粒那麼金黃，蒼蠅有綠色微光，還會溫暖地嗡嗡歌唱，高高藍天下百靈鳥鳴囀，不停歇。曼德爾．辛格看著黃色報春花，忘記了黛博拉已死、山姆陣亡、蜜嘉發瘋以及約拿斯不知所終。他覺得，似乎在這時候才失去了他的故鄉，而在遠處的家鄉，他失去了梅努因，死者中最忠誠的、死者中最遙遠的、死者中最親近的人。如果我們留在老家，曼德爾想，什麼事都不會發生！約拿斯是對的，約拿斯，我最笨的孩子啊！他愛馬，他愛喝酒，他愛女人，他現在失蹤了！約拿斯，我再也見不到你了，我再也不能跟你說，成為哥薩克人這件事，你是對的。「你們為什麼要走遍世界？」薩梅施金說。「有魔鬼在你們後面驅趕！」他是一個農人，一個有智慧的農人。曼德爾從不想離開，黛博拉、蜜嘉、哲麥耶——他們想離開，想到世界上去走一走。我們應該留下的，應該愛馬的，應該愛喝酒，愛在草地上睡覺，應該讓蜜嘉跟哥薩克人在一起，應該愛梅努因。

我怎麼這樣想，難道我瘋了嗎？曼德爾繼續思考。一個老猶太人想這些東西？上帝混淆了我的思想，這是我內在的魔鬼在想的，就像是魔鬼從我的女兒蜜嘉嘴裡在說話一樣。

醫生過來，把曼德爾拉到一個角落，輕聲說：「請做好心理準備，您的女兒病得很重。目前這樣的病例非常多，因為戰爭的關係，您理解嗎？還有也因為世界上的不幸。現在世態很糟糕，醫學還不知道如何治療這樣的疾病。您的一個兒子有癲癇症，我聽說了。很抱歉我得說，這類病症是家族遺傳。我們醫生稱之為退化性精神病。發病可以是這樣，也有可能是我們醫生稱為癡呆的病，早發性癡呆，但是有時候甚至連病的名字都無法確定，這是極少數我們無法治療的病。您是虔誠的信徒，Mister 辛格？親愛的上帝會幫助我們，您只要勤勞地向上帝禱告。另外，您想再見您的女兒一面嗎？請跟我來！」

一串鑰匙發出刺耳的聲音，一扇門重重關上，曼德爾穿過一條長長的走廊，經過有黑色號碼的白色的門，這些門像是豎立的棺材。女管理員的鑰匙串再次發出刺耳的聲音，一個棺材被打開，蜜嘉在裡面睡著，馬克和薇佳站在她身邊。

「我們現在必須離開了。」醫生說。

「直接載我到我家小巷，回家。」曼德爾命令道。

他的聲音如此兇硬，所有人都嚇了一跳。他們看著他，他的外表似乎沒有改變，但是這是另一個曼德爾。猶如在祖賀瑙和在美國的時候一樣，他穿著高筒靴，半身長衫，戴著黑色羅紋絲綢製成的帽子。是什麼讓他改變了？為什麼大家覺得他更高大威嚴？為什麼他的臉射出白色可怕的光？他看起來似乎比高大的馬克還高大。痛苦——他的主人——化身變成了他，醫生想。

「有一次，」曼德爾在車裡開始說，「山姆跟我說，美國的醫藥是全世界最好的，現在卻沒有藥醫，而是上帝才能幫忙！醫生這麼說。薇佳，妳說說看，妳看過上帝幫過辛格家哪一個人嗎？上帝幫忙了什麼！」

「你來和我們一起住吧。」薇佳哽咽著說。

「我不去和你們一起住，我的孩子，」曼德爾回答，「妳要再嫁人，你不應該沒有丈夫，妳的孩子不應該沒有爸爸。我是一個老猶太人，薇佳，我很快就會死了。聽我說，薇佳！馬克是哲麥耶的朋友，他愛過蜜嘉，我知道，他不是猶太人，但是妳應該嫁給他，而不是那個古綠格！聽到了嗎？薇佳！我這麼說，妳覺得奇怪嗎？不用覺得奇怪，我沒有發瘋。我是老了，見識過幾個世界的滅亡之後，我終於變聰明了。這麼多年來我只是一個冥頑不化的老師。但是現在，我很清楚我在說什麼。」

到了之後，他們把曼德爾扶下車，領他進了房間。馬克和薇佳站了一會兒，不知道該做什麼。

曼德爾坐到櫃子旁邊的凳子上，對薇佳說：「別忘了我跟妳說的話，現在，走吧，我的孩子們。」

他們離開他走了。曼德爾走到窗邊，看著他們上車。他覺得，他必須像為走上艱難的或者幸福的道路的孩子一樣為他們祈福。我不會再見到他們，然後他又想，我也不需為他們祈福。我的祈禱可能會詛咒他們，認識我是他們的不幸。他感覺一身輕，比他這些年來的任何時候都輕鬆。他所有的關係都解除了。他記起，自己已經孤單很多年了。自從他和妻子之間的情慾停止的那時候開始，他就已經孤身一人。他很孤獨，寂寞。

妻子與孩子們曾經圍繞著他，阻止他背負他的痛苦。他們猶如沒有用的繃帶，貼在傷口上只是遮蓋，不會治療。現在，終於他勝利地享受他的痛苦。現在，他還只剩一個關係要解除。他開始工作。

他走進廚房，收集報紙和松木屑，在敞開的爐灶裡生火。當火勢達到相當的高度和寬度時，曼德爾大步走向櫃子，他從櫃子裡拿出放著祈禱帶的紅色絲絨袋子、祈禱披肩和他的祈禱書。他想像著這些物品會如何燃燒。火焰抓住純羊毛外套上的黃色衣料，用尖尖的、藍色的、貪婪的舌頭消滅它。銀線做的閃亮邊緣會慢慢燒焦，變成小小的、火熱的螺旋。火焰會輕輕捲起書頁，把它們變成銀灰色的灰燼，而黑色字母會即刻染成紅血。書冊的皮革邊角會被捲起，像奇怪的、用來聆聽曼德爾在滾熱的死亡中對它們呼喚的耳朵一樣豎立起來。他對著它們在喊一首可怕的歌。「完了，完了，曼德爾．辛格完了！」他喊道，並且一邊用靴子踩著節拍，直到地板發出隆隆的聲音，牆上掛著的鍋子也開始嘎嘎作響。「他沒有兒子，他沒有女兒，他沒有妻子，沒有家，沒有錢。上帝說：我懲罰了曼德爾．辛格。祂在懲罰什麼，上帝？祂懲罰的為什麼不是萊梅爾，那個屠夫？祂為什麼不懲罰斯科羅內克？祂為什麼不懲罰孟克斯？只有曼德爾他受懲罰！曼德爾有死亡，曼德爾有瘋狂，曼德爾有飢餓，曼德爾擁有上帝所有的恩賜了。完了，完了，曼德爾．辛格完了！」

就這樣，曼德爾站在大火前大喊大叫，跺著腳。他把紅色絲絨袋子抱在懷裡，但是沒有扔進去。他幾次把它舉高，但是他的手臂又再放下。他的心對上帝很憤怒，但是對上帝的敬畏仍然在他的肌肉裡。五十年來，日復一日，這雙手將祈禱披巾展開又摺疊起來，將祈禱帶捲開纏繞在頭上，纏繞在左臂上，將祈禱書打開，翻頁再翻頁，又合上。現在，曼德爾的雙手拒絕服從曼德爾的憤怒。只有這麼經常祈禱的嘴巴沒有拒絕憤怒。只有在向上帝致敬唱哈利路亞時，經常跟著打拍子的腳，也重重踏著曼德爾憤怒之歌的節拍。鄰居因為聽到曼德爾的喊叫聲和隆隆聲，因為看到灰藍色的煙霧從門的裂縫和縫隙中滲透到樓梯間，他們來敲辛格的門，喊叫著要他開門。但是他聽不見。他的眼裡充滿火的煙霧，他的耳朵裡嗡嗡響著他巨大而痛苦的歡呼。鄰居已經準備要叫警察了，當他們其中一人說：「我們去叫他的朋友吧！他們坐在斯科羅內克的店裡。也許他們會讓這個可憐的人恢復理智。」

朋友們過來之後，曼德爾真的恢復了理智。他推開門閂，讓他們一個接一個按照順序：孟克斯、斯科羅內克、羅騰貝格和格羅舍爾，一如他們所習慣的一樣，進入曼德爾的房間。他們強迫曼德爾坐在床上，他們在他旁邊以及他的面前坐下，孟克斯開口：「曼德爾，你怎麼了？你為什麼生火，為什麼想燒房子？」

「我想燒的，不止是房子，也不止是一個人。你們會震驚，如果我告訴你們，我心裡真正想燒的是什麼。你們會大驚地說：曼德爾也瘋了，跟他的女兒一樣。但是我向你們保證：我沒有瘋。雖然我是瘋狂的，六十多年來我一直是瘋狂的，只有今天我沒有瘋。」

「那你跟我們說，你想燒什麼！」

「我想把上帝燒掉。」

所有四個在聽的人同時發出一聲驚叫。他們不像曼德爾一直都無比虔誠，敬畏著上帝，他們在美國生活得已經久到會在安息日工作，他們的心追求的是金錢，俗世的塵土已經高高地、濃密地堆在他們的舊信仰上。許多習俗他們已經遺忘，有些規矩他們會違反，他們的頭腦和四肢都曾犯戒。然而當曼德爾褻瀆上帝時，就好像他用鋒利的手指抓住他們赤裸的心。

「別褻瀆啊，曼德爾，」沉默許久後，斯科羅內克說，「你比我更清楚，上帝的打擊有祂背後隱藏的含意，這你比我學得更多。我們並不能知道，我們是因為什麼而受到處罰。」

「但是我知道為什麼，斯科羅內克，」曼德爾回答，「上帝是殘酷的，越是服從祂，祂對我們就越嚴厲。祂比最有權力的人還要更有權力，祂用小指上的指甲就能結束他們，但是祂不這麼做。祂喜歡毀滅的是弱小的人，人的弱小激起祂的強大，服從喚醒祂的憤怒。祂是一個高大殘忍的警察。你遵守規則，祂會說，你只是為了你的利益而遵從。但是只要你膽敢違犯一條戒律，祂就用一百種刑罰來迫害你。你想賄賂祂，祂會起訴你。如果你對祂正直無欺，祂又等著你賄賂。整個俄國找不出比祂更惡劣的警察！」

「你記得嗎？曼德爾，」羅騰貝格開口，「約伯（Hiob），他和你一樣發生了類似的事情。他坐在光禿禿的大地上，頭上蓋滿灰燼，傷口疼得讓他像動物一樣在地上打滾。他也褻瀆上帝。但是一切都只是一場試煉。上面的旨意，我們知道什麼？曼德爾。也許魔鬼在上帝面前，像當時一樣，說：我們必須誘惑一個正直的人。而上帝說：找曼德爾吧，他是我的僕人，試試他吧！」

「而且你也看到了，」格羅舍爾想起來，說，「你的責備是沒有道理的，當上帝開始試驗他的時候，他不是弱者，而是一個有權勢的人。甚至你，也不是弱者，曼德爾！你兒子有一家百貨商店，他一年比一年變得更有錢。你的兒子梅努因也幾乎康復了，他差一點就到美國來了。你身體健康，你的妻子生前是健康的，你的女兒那麼漂亮，你幾乎就要幫她找到一個好丈夫了！」

「為什麼你要這麼揪我的心，格羅舍爾？」曼德爾回覆，「為什麼你要對我重述一遍發生的事情，曾經而不再的事情？我的傷口還沒有結痂，你又把它撕開。」

「他是有道理的。」剩下三個人異口同聲說道。

接著羅騰貝格說：「你的心碎了，曼德爾，我知道。但是因為我們彼此可以談論一切，因為你知道，我們會像你的兄弟一樣分擔你的痛苦。如果我說，請你替梅努因想一想，你會生我們的氣嗎？也許，親愛的曼德爾，是因為你試圖破壞上帝的計劃，把梅努因留在老家？你的命運是有一個生病的兒子，而你們卻假裝他是一個壞兒子。」

房間裡變得沉默。很久很久，曼德爾都沒有回答。當他又開口時，他彷彿沒有聽見羅騰貝格說的話，因為突然他轉向格羅舍爾，並說：

「你把約伯提出來做什麼？你們真的曾經親眼見過奇蹟？奇蹟，像〈約伯記〉最後記載的奇蹟？我的兒子哲麥耶難道會從法國的亂葬崗裡復活？我下落不明的兒子約拿斯難道會活蹦亂跳的回來？我瘋掉的女兒蜜嘉會突然恢復理智回家？她能再找到丈夫，平靜地繼續生活下去，好像不曾發過瘋一樣？我的妻子會趁墳墓上的土還是濕的，就從墳墓裡爬起來？我的兒子梅努因會在漫天烽火中從俄國到美國來？前提是他還得活著？是我不對，」說到這裡，曼德爾重新轉向羅騰貝格，「我故意把梅努因留在老家，是出於其他原因在處罰他。這份處罰竟是因為我的女兒，她開始和哥薩克人混在一起——哥薩克人！——所以我們必須離開。但是梅努因為什麼會生病？他的病不就已經是一個跡象，說明上帝對我很生氣，這是所有我不應得的打擊中的第一個打擊。」

「上帝雖然是萬能的，」所有人中最有想法的孟克斯開始說，「但是我們也可以說，祂不再施行偉大的奇蹟，是因為這個世界已經不值得祂這麼做了。而且就算上帝想在你身上開先例，別人的罪行也讓祂很難辦。因為其他人不配在義人身上看到奇蹟，所以羅得（Lot）不得不離開，而所多瑪（Sodom）和蛾摩拉（Gomorra）滅亡了，不得看到羅得身上的奇蹟。但是今天世界上到處都住了人，而且，就算你離開這裡，報紙也會報導你發生了什麼事。於是，上帝現今只能施行適當的奇蹟，但是這些奇蹟仍然是偉大的，我們讚美祂的名！你的妻子黛博拉不會再活過來，你的兒子哲麥耶也不會復活。但是梅努因也許還活著，戰爭過去之後你還見得到他。你的兒子約拿斯也許在俘虜營裡，戰爭結束後，你就可以見到他了。你的女兒會康復，她的瘋狂會消失，會比以前更漂亮，她也會得到一個丈夫，然後給你添孫子。而且你已經有一個孫子了，哲麥耶的兒子。把你給你所有孩子的愛收集起來，灌注在你孫子身上！你會得到安慰的。」

「我和我孫子」，曼德爾回答，「我們之間的羈絆已經斷了，因為哲麥耶——我的兒子和我孫子的父親——死了。我的媳婦薇佳會去嫁別的男人，我的孫子會有一個新的父親，而這個新父親的父親並不是我。我兒子的房子不是我的房子，那裡也和我沒有關係。我的存在只會帶來不幸，而我的關愛只會招來詛咒，就像曠野上一棵孤獨的樹一定會遭雷劈一樣。蜜嘉的話，醫生自己也已經說，醫藥無法治療她的病。約拿斯也許已經死了，而梅努因仍然有病，即使他比較好了。在俄國，在這麼危險的戰爭中，他一定早就死了。不，我的朋友！我是孤單的，而我也想要孤單。這些年來我這麼敬愛上帝，而祂卻憎恨我。這些年來我這麼敬畏祂，現在祂不能拿我怎麼辦了。祂箭袋裡所有的箭都射中了我，祂還能做的，就是把我殺了，但是祂殘忍到不殺我。我要活著、活著、活著。」

「但是祂的威權，」格羅舍爾反對，「不但控制著這個世界，也控制另一個。曼德爾，你不怕嗎？你死了以後……」

曼德爾整個人笑了出來，並說：「我才不怕地獄，我的皮膚已經燒焦，我的四肢已經癱瘓，魔鬼是我的朋友。地獄裡所有的折磨我都經受過了，魔鬼比上帝仁慈太多。牠沒有那麼大的權力，所以牠也不那麼殘酷。我不害怕，我的朋友們！」

朋友們都沉默了。但是他們不想讓曼德爾孤單一個人，於是他們留下，沉默地坐著。格羅舍爾，最年輕的一個，下樓去，他去告訴其他朋友的妻子和自己的妻子，她們的丈夫今晚不會回家。他還在曼德爾樓裡邀了另外五個猶太人，湊成十個一起做晚禱，他們開始唸祈禱詞，但是曼德爾不參加。他坐在床上，一動也不動。即使是為死者祈禱，他也不開口，孟克斯只好代替他。那五個陌生人離開後，四個朋友留下過夜。兩盞藍燈中的一盞還在燭台上燃燒最後一根燈芯和最後一滴油。一片寂靜。他們紛紛在座位上睡著，打鼾和醒來，被自己的聲音吵到，又繼續睡著。

只有曼德爾沒睡，眼睛張得大大的，看著窗戶。窗戶後面，濃稠的黑夜終於開始漸漸變淡，變成灰色，然後白色。他身體裡的時鐘敲了六下，朋友們一個接著一個醒來。

他們沒有事先約好，卻不約而同去拉曼德爾的手臂，把他帶到樓下。他們把他帶到斯科羅內克店裡後面的房間，讓他坐到一張沙發上。

在這裡，他睡著了。

14

從這天早上起，曼德爾就留在斯科羅內克這裡住下了。他的朋友們幫他賣掉他家裡少少的家具，只剩寢具和放祈禱用品，幾乎被曼德爾燒掉的紅色絲絨袋子。這個袋子曼德爾不再碰了，它蓋滿灰塵，掛在斯科羅內克後屋裡一根巨大的釘子上。曼德爾．辛格不再祈禱。但是有時候缺第十個人時，就會需要他，為了湊足《聖經》裡規定的祈禱人數。像這種時候，他就會要求酬勞。有時候他也把祈禱帶借給這個或那個人，但是要給他一點錢意思意思。人們會議論他經常去義大利區吃豬肉，是為了惹上帝生氣。在他的街區生活的人，在他與天堂的鬥爭中都站在曼德爾這一邊。雖然他們都是虔誠的信徒，卻也覺得這個猶太人是有道理的。耶和華對他太過分了。

世界上仍然被戰爭籠罩。除了山姆，曼德爾的兒子之外，街區所有去參戰的人仍都活著。萊梅爾的兒子成為軍官，幸運地只失去左手。他回來度假，是這個街區的英雄。他給予所有猶太人以美國為家的權利。他留在後方，為了替新兵做最後的洗煉。儘管萊梅爾的兒子和老辛格之間差異巨大，但那個街區的猶太人待兩者都以鄰里之情。就好像猶太人相信，曼德爾和萊梅爾替大家分擔了這場為所有人準備的災難的全部後果。而且曼德爾所失去的，遠比一隻左手要多！若萊梅爾對抗的是德國人，曼德爾對抗的就是非塵世的暴力。雖然他們相信，這個老人頭腦不再那麼清楚，但這些猶太人還是無法避免地將欽佩混合在他們的同情裡，無法避免將對瘋狂的神聖性的尊敬混在對曼德爾的同情裡。毫無疑問地，曼德爾．辛格是上帝的選民。作為耶和華殘酷暴行的可憐見證人，他生活在其他辛勤工作、沒有被噩運打擾的人之間。長年以來他一直像大家一樣的生活，很少人注意到他，有一些人根本沒有注意他。有一天，他以一種可怕的方式脫穎而出，再也沒有人不認識他。一天裡大部分的時間他都在小巷裡度過，好似這是他的詛咒的一部分，他的詛咒不僅成為受災的特例，還必須把痛苦的印記像一面旗幟一樣背負著。就像是守護自己的痛苦的守衛，他在巷子中央走來走去，受到每個人的歡迎，有些人還送給他一些零錢，還有許多人跟他搭話。對施捨他並不感謝，對問候也幾乎不回禮，對問題他只回答是或不是。他早晨早起，在斯科羅內克店後面的房間裡光線進不去，因為沒有窗戶。他只能透過窗板感覺到早晨，而早晨要到達曼德爾・辛格那裡，得要走很遠的路。街上第一道市聲響起，曼德爾的一天就開始了。他在酒精爐上煮茶，然後喝茶配麵包，還吃一個水煮蛋。他用羞怯又兇惡的眼光看一眼牆上所掛的裝著聖物的袋子，在幽藍的暗影裡，袋子看起來像比暗影更黑的影子生物。我不祈禱！曼德爾說。但是，不祈禱讓他非常痛苦。他的憤怒讓他痛苦，對憤怒的無力感也讓他痛苦。曼德爾・辛格雖然對上帝很生氣，統治世界的依然是上帝。仇恨也像虔誠一樣不能讓他信服。

帶著這些想法和類似的思考，曼德爾開始他的一天。他記得，以前，他的甦醒容易多了，對祈禱喜悅的期待和重新有意識地親近上帝的興趣會將他喚醒。從舒適溫暖的睡眠中，他踏入更舒適、更熟悉的祈禱的光芒裡，像進入宏偉卻家常的殿堂，殿堂中住著權勢顯赫卻笑臉迎人的父親。「早安，爸爸！」曼德爾・辛格曾經這樣說——而且相信，他聽見了上帝的回答。一場騙局！殿堂是宏偉且冰冷的，父親權勢顯赫，而且殘酷無比。祂嘴裡吐出的，除了響雷沒有別的。

曼德爾・辛格將店門打開，把樂譜、歌本和唱片放進狹長的商店櫥窗裡，用長桿把鐵門推高。然後他喝一大口水，含在嘴裡噴出，灑到地上，拿起掃帚，把前一天的髒污掃在一起。他用一把小鏟子把紙屑帶到爐子邊，生火，燒了紙屑。然後出門，買幾份報紙，把報紙送到一些鄰居家裡。他遇到送牛奶的男孩和麵包師傅，跟他們打招呼，又回「店裡」去。不久，斯科羅內克一家到了後，他們就派他去跑腿，一整天便是：「曼德爾，出去買條鯡魚回來！」「曼德爾，葡萄還沒醃！」「曼德爾，你忘了收衣服了！」「曼德爾，梯子壞了！」「燈籠少了一片！」「開瓶器呢？」然後曼德爾就出去買鯡魚，醃製葡萄，去收衣服，修梯子，把燈籠送去玻璃匠那邊，找到開瓶器。有時候女鄰居來把他領去，讓他看顧小孩，當電影院上新片，或者新戲來的時候。然後曼德爾就會坐在陌生的孩子旁邊，猶如曾經在家裡用輕柔的手指搖動梅努因的搖籃一樣，現在他用輕柔的腳趾搖動他不知道名字的陌生嬰兒的搖籃。他唱起一首老歌，一首非常古老的歌：「跟著我說，梅努因：『一開始，上帝創造天和地。』跟著我說，梅努因！」

這個月是以祿月（Elul），聖日即將來臨。街區所有的猶太人想在斯科羅內克店後的房間設置一個臨時的祈禱室。（因為他們不喜歡去猶太教堂（Synagoge））「曼德爾，大家要來這個房間祈禱！」斯科羅內克說，「你怎麼說？」「那就來祈禱吧！」曼德爾回答。然後他看著猶太人集結，點燃很大的、燈芯懸垂的黃色蠟燭，他自己則幫忙每家店把鐵捲門放下，關上店門。他看著大家為了向上帝禱告，套上讓他們看起來像復活的屍體的白色長袍。他們脫掉鞋子，只穿襪子。他們跪下，再站起來。大大的、金黃的蠟燭和純白的蠟燭都漸漸彎曲，燭淚像熱淚滴在祈禱的長袍上，瞬間凝結。身穿白色的猶太人也彎身猶如蠟燭，他們的熱淚也滴到地板上後，又馬上乾枯。但是曼德爾一身黑且默默站著，身上是日常的服飾，他隱身為背景，在門的附近，一動也不動。他的嘴閉得緊緊的，心硬如磐石。晚禱的歌聲猶如一陣熱風湧起，曼德爾嘴閉得緊緊的，他的心硬如磐石。一身黑而靜默的，穿著日常的服飾，緊貼著後方，退守門邊，沒有人注意他。猶太人努力讓自己不去看他，他是他們之間的陌生的異者。間或有人想到他，就為他祈禱。但是曼德爾・辛格筆直地站在門邊，充滿對上帝的怨恨。他們所有的人都在祈禱，因為他們害怕，他想。但是我不怕，我不害怕！

所有的人都走了以後，曼德爾・辛格躺倒在他的硬沙發上。室內仍然充滿祈禱的人身體的熱氣，四十支蠟燭還在燃燒。他不敢把它們吹滅，但這些蠟燭讓他無法入睡。整夜，他就這樣清醒地躺著，設想一些史無前例的褻瀆。他想像他現在出去，去義大利區，在一家餐廳買豬肉，然後回來，為了要在這裡，在這個蠟燭默默燃燒的社區，在這裡吃。他高興地解開手帕，開心地數算他擁有的錢幣，但是他沒有離開房間，也沒有吃東西。他和衣躺在沙發上，睜大眼睛，喃喃自語：「完了，完了，曼德爾．辛格完了！他沒有兒子，他沒有女兒，他沒有妻子，他沒有錢，他沒有房子，他沒有上帝！完了，完了，曼德爾．辛格完了！」金色和藍色的燭焰輕輕顫抖，滾燙的燭淚狠狠滴落在燭台上，滴在黃銅缽裡的黃沙上，滴在深綠色瓶子的玻璃上。祈禱的人呼出的熱氣還滯留在房間裡。在臨時為他們拿出來擺放的椅子上，他們白色的祈禱長袍還躺在那裡，在等待黎明和祈禱繼續。房間裡聞起來有蠟和燒焦的燈芯的味道。曼德爾離開房間，打開門板，走到戶外。這是一個清澄、像秋天的夜，一個人影都沒有。曼德爾在店門前來來回回地走。警察又長又慢的腳步聲響起後，曼德爾才回店裡去。他還是習慣避開穿制服的人。

節日的時節過去，秋天到來，落雨。曼德爾買鯡魚、掃地、收衣服、修梯子、找開瓶器、醃葡萄、在巷子裡走來走去。對施捨他幾乎不感謝，招呼也不回，回答問題只說是或否。下午，當大家集聚談論政治、大聲唸報時，曼德爾就躺到沙發上睡覺。別人談論的聲音叫不醒他，對戰爭他漠不關心，最新的唱片唱得使他睡著。只有在一切都安靜下來，大家都走了的時候，他才醒來。然後他會和老斯科羅內克講一會兒話。

「你媳婦要結婚了。」有一次斯科羅內克說。
「完全是應該的！」曼德爾回答。
「但是她要嫁的是馬克！」
「這是我建議她的！」
「百貨店裡的生意很不錯！」
「那不是我的店。」
「馬克請人告訴我們，他想給你錢！」
「我不要錢！」
「晚安，曼德爾！」
「晚安，斯科羅內克！」

在曼德爾每天早上慣常看的報紙上，這個驚人的消息像火一般燃燒起來。消息這麼轟動，他只能違背自己的意願，得知了他們遙遠的存在，雖然他一點都不想知道他們在做什麼。俄國不再是由沙皇統治了！好，願沙皇不再上位。隨便報紙說什麼，但是都沒有關於約拿斯和梅努因的報導。大家在斯科羅內克這裡打賭，說戰爭一年之內會結束。好，願戰爭一年內結束。就算如此，哲麥耶也不會回來。精神病院管理處來信，說蜜嘉的狀況沒有好轉。薇佳把信送過來，斯科羅內克把信唸給曼德爾聽。「好，」曼德爾說，「蜜嘉不會康復了！」

他老舊的黑色長衫在肩膀的部位閃爍著綠色的光，沿著背脊的縫合線好像一幅極小的脊椎圖變得可見。曼德爾的身形變得越來越矮小，外衣越來越長，當曼德爾走路的時候，衣角碰到的不再是他的靴子，而是幾乎碰到了腳踝。原來只覆蓋胸部的鬍鬚，現在一直伸長到外衣最下面的釦子。那頂黑色、但現在比較是綠色絲線所製的帽子邊沿，變得柔軟、有延展性，垂喪地懸在曼德爾．辛格的眼睛上面，不能說不像一塊抹布。曼德爾．辛格的口袋裡裝著很多東西：人家請他寄送的包裹、報紙、修理斯科羅內克店裡損壞物品的各種工具、彩色線球、包裝紙和麵包。這些重量讓曼德爾的背駝得更厲害，而且因為右邊的口袋通常比左邊的要重，老人的右肩同時也被往下拉。於是他歪斜佝僂地走在巷子裡，一個即將倒塌的人，膝蓋彎曲，拖著步伐。世界上的新聞、一週的日子和有關其他人的節日像駛向一棟偏遠老房子的馬車一樣，從他身邊滾過。

有一天，戰爭真的結束了，街區空無一人，大家都出去看和平慶典和軍隊凱旋。很多人都問曼德爾，能不能幫他們看房子。他從一間公寓走到另一間公寓，檢查了門把和鎖，然後回到了商店。隔著不可測量的距離，他覺得自己聽到了歡樂世界的節慶歡聲、煙火爆裂聲和數萬人的歡笑聲。小小的、寂靜的平和從他心中升起。他的手指輕搔鬍鬚，嘴角浮出一抹笑意，是的，甚至短促的咯咯笑聲還從喉嚨裡冒出。「曼德爾也要慶祝，」他輕聲說，然後第一次他走近一台棕色的留聲機盒。他看過人家怎麼轉動這個機器，「一張唱片，一張唱片！」他說。今天早上一個歸鄉的士兵還來過，帶來一大疊唱片，歐洲來的新歌曲。曼德爾打開最上面一張，小心地放上去，為了想起要怎麼正確操作，思考了一下，然後終於把唱針放下。機器清了清嗓子，接著歌聲響起。天色已晚，黑暗中曼德爾站在留聲機旁傾聽。他每天在這裡都在聽歌，滑稽的和悲傷的，緩慢的和輕快的，黑暗的和光明的。但是，從來沒有一次像這首歌一樣。它像小河一樣輕輕流淌，溫柔的呢喃，然後變得像大海一樣，浪濤拍岸。現在我在傾聽整個世界，曼德爾心想，怎麼可能？整個世界都被刻進這麼小的盤子上？當一支銀色小笛子的聲音加進來時，而且從現在起，如同天鵝絨般音色的小提琴，像忠誠的、窄長的鑲緣不離不棄時，長久以來第一次，曼德爾開始哭泣。然後歌曲戛然而止。他再放一次，到第三次，他終於用嘶啞的聲音一起唱起來，而且猶豫的手指還跟著節拍敲著留聲機的底座。

回到家的斯科羅內克就是遇到這樣的他。斯科羅內克把留聲機關上，並說：「曼德爾，把燈點起來吧！你在聽什麼？」曼德爾把燈點亮，「斯科羅內克，看一下，這首歌叫什麼名字？」「這是新唱片裡的，」斯科羅內克說，「我今天才買的。這首歌叫做……」

斯科羅內克戴上眼鏡，把唱片拿近燈下，讀出來：「這首歌叫做『梅努因之歌』。」

曼德爾突然覺得虛弱，他必須坐下來。他瞪著斯科羅內克手中反光的唱片。

「我知道你在想什麼。」斯科羅內克說。

「嗯。」曼德爾回答。

斯科羅內克再次搖動留聲機的手柄。「一首動聽的歌曲。」斯科羅內克說著，把頭低靠左肩上仔細聆聽。店鋪裡漸漸聚滿晚歸的鄰居，沒有人說話，大家都聽著這首歌曲，跟著拍子點頭。

然後他們聽了十遍，直到大家都熟記了這首歌。

曼德爾一個人留在店裡，他從裡面仔細鎖好門，把商店櫥窗的東西搬出來後，開始脫衣服。他的日常每一個步驟，都有曲子陪伴著他，在他入睡之際，他感覺藍色和銀色的旋律結合了可憐的嗚咽，梅努因的嗚咽，屬於他一個人的梅努因，他長久以來不曾聽到的旋律。

15

日照越來越長。晨光已經如此明亮，它甚至可以透過關閉的窗板闖入曼德爾沒有窗戶的房間。四月的時候，巷弄生活提前一個小時甦醒，曼德爾點燃酒精燈爐，燒上茶，把藍色的小水盆裝滿水，把臉浸在裡面，用掛在門把上的毛巾一角擦乾，打開窗板，含一大口水，小心地朝地板上噴吐，接著觀賞了一下從他嘴裡噴出的水流在地上畫出來的紋路。六點的鐘聲還沒有敲，酒精燈爐已經在叫。曼德爾走到門前，然後巷弄裡的窗戶自動就打開了。春天到了，春天到了。大家在準備過復活節，曼德爾到所有的人家那裡去幫忙。為了清理桌面上一整年不聖潔的剩菜，他把刨刀放在木桌邊上。他把深紅色紙包裝成層層疊疊的圓形，把圓柱形復活節麵包放在商店櫥窗的白色層架上。巴勒斯坦來的、在涼爽的酒窖蜘蛛網下存放的葡萄酒，被他從地窖裡的蜘蛛網中解放出來。他把鄰居的床拆開，一塊一塊地搬進院子，讓院子裡四月溫和的陽光把臭蟲引出來，他再用汽油、松節油和煤油銷毀牠們。在粉紅色和天藍色的裝飾紙上，他用剪刀剪出圓形和斜角的孔和流蘇，用圖釘把這些固定在廚房的架子上，當成給盤子的藝術裝飾。他在汽油桶和木桶裡裝滿熱水，把大鐵球放在火中的木桿上烤，直到它們燒紅灼熱。然後他把火球浸入汽油桶和木桶，水嗤嗤作響，這些容器於是被淨化了，像規矩所訂一樣。接著在巨大的研缽裡，他將復活節麵包碾成麵粉，把麵粉倒進乾淨的袋子裡，用藍絲帶繫住。這些他都曾在自己家裡做過。那裡的春天到來得比在美國慢。曼德爾想起在祖賀瑙，鋪木人行道上鑲邊的、老去的灰色白雪，想起桶子的桶口邊緣的水晶冰柱，想起突如其來整夜不歇、在屋簷排水槽裡歌唱的細雨，想起遠方傳來的、在松樹林後的滾滾雷鳴，想起溫柔地覆蓋每一個淡藍色早晨的白霜，想起被蜜嘉放進一個寬敞的桶裡、好讓他不礙事的梅努因，以及想起希望，希望今年終於、終於救世主彌賽亞（Messias）會到來。祂沒有來。祂不會來的，曼德爾心想，祂不會來的。其他人也許願意期待祂，但曼德爾不再等了。

雖然如此，在他的朋友和鄰居眼裡，曼德爾在那年春天發生了變化。他們有時候觀察到他在哼歌，還偶然瞥見在他白鬍子底下溫柔的微笑。

「他都老了，怎麼變得孩子氣。」格羅舍爾說。

「他已經忘了一切。」羅騰貝格說。

「這是死前的喜悅。」孟克斯暗想。

斯科羅內克，最認識他的朋友，沒有說什麼。只有一次，在一天晚上，上床睡覺之前，他對妻子說：「自從新的一批唱盤來了以後，曼德爾變了一個人。我有時候會撞見他自己去操作留聲機。妳對這件事怎麼想？」

「我的看法是，」斯科羅內克太太不耐煩地回答，「曼德爾變得又老又幼稚，很快就沒有用了。」她對曼德爾早就不滿意了，他愈老，她對他的同情就愈少。漸漸地，她也忘記了曼德爾也曾是個富足的人，而她過去從尊敬中滋養出來的慈悲漸漸消失了（因為她的心地變得狹窄）。她也不像一開始一樣，稱呼他曼德爾先生，而是像所有的人一樣，很快地都只叫他曼德爾。如果她之前以克制的態度，分配給他任務，為了顯出他的服從同時令她感到榮幸和難為情，那她現在就是直接不耐煩地命令他，從一開始就對他的服從不滿意，態度也明顯可見。雖然曼德爾並沒有重聽，但斯科羅內克夫人還是提高嗓門跟他說話，好像不這樣就會被誤解，好像她想透過她的喊叫來證明，如果她用平常的音調跟他說話的話，曼德爾就會錯誤地執行她的命令。她的高聲叫喊是一種預警措施；而唯獨這個，讓曼德爾覺得很不舒服。因為他這個被命運如此捉弄的人，並不在意別人含有善意的、輕率的嘲諷。只有當他的理解能力被懷疑時，他會生氣。「曼德爾，快點。」斯科羅內克夫人給他的每項任務都這麼開始。他讓她不耐煩，她覺得他動作太慢。「請別如此大喊大叫。」曼德爾偶爾會這樣回答，「我聽得見。」「可是您又不快點，您真是有時間！」「我的時間比您少，斯科羅內克夫人，就像我年紀比妳大一樣！」沒有立即明白話外之意，誤以為自己被嘲笑的斯科羅內克夫人，立即求助商店裡的旁人：「你們大家說說看，他是不是老了？我們的曼德爾老了！」她很想再幫他添上其他不同的劣性，但提出年齡這件事，她認為是一種罪惡，因此她覺得夠了。當斯科羅內克聽到這類的話時，便對妻子說：「我們大家都會老！我的年齡和曼德爾一樣，妳自己也沒有多年輕！」「你可以娶一個年輕的啊！」斯科羅內克夫人說。她很高興，終於有一個現成的理由可以跟丈夫吵架。而深知這類爭吵的發展，並從一開始就知道斯科羅內克夫人的憤怒，最終會發洩在她的丈夫和他的朋友身上的曼德爾，為他的友人、友誼感到擔憂。

今天斯科羅內克夫人出於一個特殊原因特別地針對曼德爾・辛格。「想像一下，」她對丈夫說，「我的剁肉刀不見好幾天了，我發誓，一定是曼德爾拿去的。如果我問他，他就會說不知道。他愈來愈老，愈老就愈像小孩！」

斯科羅內克夫人的剁肉刀的確是曼德爾・辛格拿去藏起來了。他從很久以前就祕密在準備他生命中最後一個大計畫。有一天晚上，他覺得這個計畫可以進行了，就假裝在沙發上打瞌睡，當鄰居們在斯科羅內克這邊聊天的時候，其實曼德爾根本沒有在睡覺，他閉著眼睛一直在偷聽，直到最後一個人離開。然後他把藏在沙發軟墊下的剁肉刀拿出來，藏在衣服裡，無聲地掠進黃昏的小巷。街燈還未點亮，一些窗戶裡已經亮起黃色的燈光。曼德爾在他和黛博拉曾經住過的房子對面踮起腳尖，窺探著舊家的窗戶。現在那裡住著一對年輕的福里斯（Frisch）夫婦，下面新開了一家時髦的「冰淇淋沙龍」店面。年輕人從屋子裡出來，他們關了店門，離開去聽音樂會。他們很節儉，可以說是小氣卻又勤勞，而且很喜愛音樂。福里斯的父親曾經在考那斯（Kowno，於立陶宛）指揮一個婚慶樂隊。今天一個剛從歐洲來的愛樂樂團要舉辦音樂會，福里斯從幾天前就一直提及，現在他們去了。他們沒看見曼德爾。曼德爾偷偷過去進了屋子，摸索著舊欄杆往上爬，然後從口袋裡掏出所有的鑰匙，這些是鄰居去看電影時，拜託他看房子給他的。他毫不費力，門就開了，他把門栓推上，平躺到地板上，開始一塊接著一塊地敲起地板。他花了很長時間，累了就休息一會兒，然後又繼續工作。終於有個地方聽起來像是空心的，就在黛博拉的床曾經放過的地方。曼德爾清潔了接縫處的污垢，用剁肉刀鬆開地板木塊的四個邊緣，然後把它撬開。他沒有料錯，找到了他要找的東西。他拿著打著死結的手帕，藏在衣服裡，又放好木板，悄無聲息地離開。樓梯間裡空無一人，沒有人看到他。他今天比平時更早關店，放下捲門。他點亮圓形的大吊燈，在它的光圈裡坐下。他解開手帕，數了數裡面的金額。黛博拉存下六十七美元錢幣和紙鈔，很多錢，但是不夠，曼德爾很沮喪。假若添上自己的積蓄，一些施捨，和他在幾個家庭裡工作的小額報酬，一共是九十六美元。這個數目仍然不夠。那就再幾個月吧！曼德爾跟自己耳語，我有時間。是的，他有時間，他還必須活很久！在他面前，躺著一座大洋，他必須再橫渡一遍。大海在等著曼德爾，整個祖賀瑙和祖賀瑙周邊的景象都在等著他：軍營、松樹林、沼澤裡的青蛙和田野裡的蟋蟀。梅努因若是已死，那他就在小小的墳墓裡等著他。即使是曼德爾也有天要躺下。但是他要先去薩梅施金的農莊，他將不再怕狗，就算給他的是從祖賀瑙來的狼，他也不害怕。他不在乎金龜子、蟲、雨蛙和蝗蟲，曼德爾將有膽量躺在赤裸的大地上。教堂的鐘聲會像雷鳴，會讓他想起梅努因聆聽鐘聲時，愚鈍的眼睛裡閃爍的光芒。曼德爾將會回應：「我回來了，薩梅施金，讓別人去滿世界跑吧，我去過的世界都死了，我回來了，為了在這裡永遠長眠！」藍色的夜幕張懸在大地之上，星星閃爍，青蛙嘓嘓，蟋蟀吱吱，而在那一邊，陰暗的森林裡，有人唱著梅努因之歌。

曼德爾就這樣睡著了，手裡抓著打結的手帕。

隔天早晨他去斯科羅內克的家裡，把剁肉刀放在冰冷的灶台上，說：「斯科羅內克夫人，剁肉刀又出現了！」

他想盡快抽身，但是斯科羅內克夫人開始說：「自己出現的？這不難理解，根本就是你藏起來了！對了，你昨天睡得真死，我們再回商店去敲門你都不開。你聽說了嗎？冰淇淋沙龍的福里斯有重要的事要跟你說，你應該馬上過去一趟。」

曼德爾大吃一驚，他昨天被誰看到了嗎？也許有別人洗劫了房子，而曼德爾被懷疑。也許那不是黛博拉的積蓄，而是福里斯太太的，他偷了她的錢。他的膝蓋發抖，「請允許我坐下。」他對斯科羅內克夫人說。「你只能坐兩分鐘，」她說，「然後我就得開始煮飯了。」「是什麼重要的事？」他試探地問。但是他早就知道，這個女人反正不會跟他說。她保持沉默，享受著他好奇無法滿足的樣子。然後她覺得叫他走的時間到了：「我才不管陌生人的閒事！趕快去找福里斯吧！」她說。

曼德爾走後，決定不去找福里斯。畢竟會有的，只會是壞事，事情遲早也會自己找上門來，他只要等待就好了。結果下午斯科羅內克的孫子來找他，告訴他斯科羅內克夫人派他去買三份草莓冰淇淋。曼德爾猶豫著走進店裡，還好福里斯先生不在。但他的妻子卻說：「我先生有很重要的事要告訴您，請您下午一定要過來！」

曼德爾假裝沒有聽到的樣子。他的心瘋狂跳動，想要跳離他的體內，他雙手緊緊地按住心臟。一定是不好的事在威脅他，他想，說實話，福里斯會相信他的。如果人家不相信他，他就得去坐牢。反正，坐牢也沒有什麼大不了的，只不過他會死在監獄裡，而不是祖賀瑙罷了。

他無法離開冰淇淋沙龍那個街區，只能在店鋪前面來來回回地走。他看到福里斯先生回家了，他還想等等，但是他的腳卻不由自主就急急往店裡走去。他打開門，門引出一串高亢的鈴聲，他沒有力氣關門，結果警示門開了的鈴聲響個不停，而曼德爾被它猛烈的鈴聲嚇到，一下子愣住，無法移動。福里斯先生親自把門關上，現在安靜下來後，曼德爾聽見福里斯先生跟他的妻子說：「趕快端一杯覆盆子蘇打來給辛格先生！」

有多長的時間沒有人叫曼德爾「辛格先生」了？直至這一刻他才察覺，為了羞辱他，很久以來大家都只叫他「曼德爾」。這是福里斯的一個惡劣的玩笑，他想。整個街區的人都知道，這個年輕人很吝嗇，他自己也知道，我是不會付這個覆盆子蘇打的錢的。我才不會喝它。

「謝謝，謝謝，」曼德爾說，「我什麼都不用喝！」

「請您不要拒絕我們。」太太微笑地說。

「請您不要拒絕我。」福里斯先生說。

他把曼德爾拉到一張細腿的鑄鐵桌前面，然後讓老人坐進一把寬大的藤椅上。他自己則在一張普通的木椅上坐下，靠近曼德爾，開始說：

「昨天，辛格先生，你知道的，我們去聽音樂會。」曼德爾的心臟幾乎停止，為了讓自己活著，他往後靠，喝了一口飲料。「是這樣的，」福里斯繼續說，「我聽過很多音樂，但這樣的事情從來沒有過！三十二個音樂家，您明白嗎，而且幾乎所有的人都來自我們的老家。他們演奏的是猶太音樂，您明白嗎？大家的心都暖暖的，我哭了，全部的觀眾都哭了。最後他們演奏了『梅努因之歌』，辛格先生，你從留聲機上聽過這首歌的。很動聽的歌，不是嗎？」

他想幹什麼？曼德爾心想。「是啊，非常美的歌。」

「中場休息的時候，我去找那些音樂家們，裡面滿滿都是人。大家都擠在音樂家出現這邊。這個人或那個人都找到了自己認識的人，我也是，辛格先生，我也是。」

福里斯停頓了一下。有人走進店裡，鈴聲響起。

「我也找到了，」福里斯先生說，「您喝吧，請喝，辛格先生！——我找到我的表親，從考那斯來的貝爾科維奇（Berkovitsch），我舅舅的兒子。然後我們互相禮貌親吻，開始聊天。突然之間貝爾科維奇說：『你在這裡認識一個叫做曼德爾．辛格的老人嗎？』」

福里斯又停頓下來等著，但曼德爾不為所動。他接收的資訊是，有一個貝爾科維奇在找一個老曼德爾．辛格。

「認識，」福里斯說，「我回答他，我認識一個來自祖賀瑙的曼德爾．辛格。『就是他，』貝爾科維奇說，『我們的軍樂隊指揮是一個偉大的作曲家，還很年輕，而且是一個天才，我們演奏的曲子大部分都是他寫的。他叫做亞歷山大．寇薩格（Alexej Kossak），也是祖賀瑙人。』」

「寇薩格？」曼德爾回答，「我的妻子娘家姓寇薩格，應該是一個親戚！」

「是的，」福里斯說，「而且這位寇薩格似乎在找您。他也許有事要告訴您。我被拜託來問您，您是否願意聽他說什麼。您可以去飯店找他，或者我把您的地址寫給貝爾科維奇。」

曼德爾同時感覺輕鬆了，但又為難。他喝一口覆盆子蘇打水，背往後靠，然後說：「福里斯先生，謝謝您，但是這事沒有那麼重要。這位寇薩格要告訴我的，應該是我已經知道的悲傷事。除此之外，我跟您說實話：我已經想過要來請教您。您的兄弟不是有個賣船票的辦公室？我想回老家，回祖賀瑙。那裡已經不再是俄國，世界改變了。現在船票一張多少錢？我需要一些什麼證件？請問問看您的兄弟，但是這件事請別告訴任何人。」

「我會查明這些事的，」福里斯回答，「但是您一定沒有那麼多錢。而且您又這個年紀了！也許這位寇薩格能給您一些建議！也許他可以帶您一起走！他在紐約只停留很短的時間，讓我給貝爾科維奇您的地址吧？我知道您是不會去飯店的！」

「對，」曼德爾說，「我不會去。如果您要的話，就寫地址給他吧。」

他站起來。

福里斯又把他按回去，「請等一下，」他說，「辛格先生，我把節目冊帶回來了，裡面有一張寇薩格的照片。」然後他從胸前口袋裡拿出一本很大的節目冊，把它展開，放在曼德爾的眼前。

「一個英俊的好青年。」曼德爾說。他端詳著照片，雖然圖片已經磨損，紙張污穢，肖像照似乎鬆散成十萬個微小的分子，照片還是栩栩如生地從節目冊中浮現到曼德爾眼前。他本來想馬上還回去，卻拿在手中直盯著。覆蓋在黑髮下寬而白的前額，彷彿一塊光滑、閃耀的石頭。而那雙眼睛又大又亮，直視著曼德爾．辛格，無可擺脫地注視。這雙眼睛讓他感覺輕快放鬆，曼德爾這樣想。他看到那雙眼裡的聰慧、老練同時富有青春活力。這雙眼睛知曉一切，世界反映在裡面。曼德爾．辛格覺得，看著這雙眼睛的同時，自己也變年輕了，他變成一個少年，還什麼都不知道。所有的一切，他都還得向這雙眼睛學習。這對眼睛他已經見過，是夢見的，當他還是一個小男孩的時候，很多年以前，當他開始學習《聖經》的時候，它們是先知的眼睛。上帝親自跟他們說話的人，有這樣的眼睛。這些眼睛什麼都知道，什麼都不會透露，光在它們裡面。

曼德爾看著照片良久，然後說：「我可以把這個帶回家嗎？如果您允許的話，福里斯先生。」接著他把冊子摺疊起來，離開了。

他走過轉角，把節目冊打開來看，又再收回去。從他進入冰淇淋沙龍開始到現在，他覺得似乎已經過了很長時間，寇薩格眼中所閃爍的彷彿包含這幾千年，以及當曼德爾還年輕得能夠想像先知的面容的那段時間，都包含在這段長時間裡面。他想轉身回去詢問樂隊演奏的音樂廳在哪裡，他想進去，但是他覺得不好意思。於是他回到斯科羅內克的店裡，說他妻子的一個親戚在美國，要找他。他答應福里斯可以把地址給那個親戚。「明天你跟往年一樣，到我們家來吃飯。」斯科羅內克說。明天是復活節第一晚。曼德爾點頭，雖然他寧願待在店後的房間裡。他熟悉斯科羅內克夫人待他的斜眼，以及分湯和魚給曼德爾時，她斤斤計較的手。這是最後一餐了，他心想。從今天起的一年內，我將回到祖賀瑙：不論死活；死了更好。

隔天傍晚，客人中他是第一個到達，但卻是最後一個上桌的。他來得早，為了不讓斯科羅內克夫人生氣，最後一個就座，為了表明他認為自己是在場的人中，最微不足道的。圍著桌子，他們坐定：主婦、斯科羅內克的兩個女兒和她們的丈夫、一個賣樂譜的陌生人以及曼德爾。他坐在桌子額外拿板子來銜接的尾端。曼德爾現在的功能，不僅僅是和平的維持者，還要維持桌子與延長桌子的板子之間的平衡。曼德爾一隻手緊緊抓住板子的一端，因為板子上放著盤子或者有蓋子的湯缽。雪白的桌布上，六隻雪白粗大的蠟燭支在六架銀色的蠟燭台上燃燒著，被加強光亮的雪白桌布反射出六道焰火。蠟燭像白色和銀色、高矮一致的守護者一樣，站在穿著白色長衫、坐在白色坐墊上的主人斯科羅內克面前，他靠在一個靠枕上，猶如一個沒有原罪的國王坐在純潔的寶座上。那是多久以前了？當曼德爾也身著相同的服裝，以相同的方式統治餐桌和這個節慶。今天他穿著因為磨損而微亮、黑色褪成綠色的外衣，彎腰駝背、精神不濟地坐在最尾端，是場中地位最微小的一個，擔憂自己不夠謙虛，或不夠支持慶祝行為。復活節麵包遮蓋在白色餐巾下，是香草鮮青的綠色、胡蘿蔔的深紅色、西洋山嵛菜的秋黃色旁邊的一座雪色山丘。記載猶太人出埃及記的書攤開在每個客人面前，斯科羅內克開始唱誦故事，所有的人跟著他唸，伸手碰他，和睦一致地合唱出這舒適、令人微笑的旋律，歌謠中逐一點數一個又一個的奇蹟，而這些奇蹟一再相加之後，總和永遠都是上帝的性格：偉大的上帝，善良的上帝，慈悲的上帝，上帝對以色列的恩典和對法老的憤怒。甚至那個看不懂字、不了解這些習俗的賣樂譜的人，也無法擺脫每一個新句子都在向他求愛、擁抱、親吻的旋律，以至於他不知不覺中也開始哼唱起來。即使是曼德爾，也被旋律所感，而對四千年前慷慨賜予奇蹟的上天溫和起來。透過上帝對全體人民的愛，曼德爾似乎幾乎和自己的命運和解了。他雖然仍舊不想一起唱，但是他的上半身隨著其他人的歌聲在前後搖晃。他聽著斯科羅內克孫子明亮的聲音，想起他自己的孩子們的聲音。他眼中還看見無助的梅努因坐在節慶桌邊奇怪的高椅上。父親在唱誦時，不時瞥一眼最幼小最可憐的兒子，看到他愚鈍的眼睛裡有傾聽的光芒，感覺到這個小傢伙如何徒勞地試圖傳達他內心的聲音，並唱出他所聽到的。那是一年中唯一的一個晚上，梅努因可以像哥哥姐姐一樣穿新衣，襯衫的白色領子上，節慶用的磚紅色紋飾鑲邊圍在他萎頓的雙下巴上。曼德爾遞酒給他的時候，他會貪婪地喝下半杯，又咳嗽又喘氣，皺起他的臉想笑，或者想哭：誰能知道？

當曼德爾隨著別人的歌聲搖擺時，他在想這些。然後他看到，他們的進度已經超前了，他趕快翻頁，並且準備站起來減輕放盤子這端桌子的負擔，以免在他應該鬆手時，會產生意外。因為大家在紅色酒杯裡盛酒，開門讓先知以利亞（Eliahu）進來的時間點快到了。六道光在杯身上反射的暗紅色玻璃杯已經在等待了。斯科羅內克夫人抬頭注視曼德爾，他馬上起身，拖著步伐到門邊開門。斯科羅內克現在唱的是歡迎先知的詞，曼德爾在門邊等誦詞結束，因為他不想走兩趟。然後他關上門，重新坐下，把支持桌板的拳頭握緊，伸進桌下，而吟唱仍在繼續。

曼德爾坐下還沒有一分鐘，敲門聲響起。所有的人都聽見了，但是所有人都覺得，可能是聽錯了。今天這個晚上，所有的朋友都坐在家裡，街區馬路上是空的。在這樣的時候，有訪客是不可能的，一定是風在敲門。「曼德爾，」斯科羅內克夫人說，「你沒有把門關好。」這時敲門聲再次響起，敲得比較久，非常清楚。所有的人都停下動作。蠟燭的氣味，享受醇酒，黃色的、不是日常的燈光和古老的旋律把大人和小孩對奇蹟的期待提得那麼高，他們的呼吸此刻都停止了，他們面色蒼白，面面相覷，似乎在問自己，是不是真的是先知在敲門要進來。因此，寂靜籠罩，誰也不敢動。終於，曼德爾動了，他再次把盤子推到桌子中間，他再次拖著腳步走去開門。陰暗的走廊上站著一個長得很高大的陌生人，打著招呼對他們說晚安，問他們他是否可以進來。斯科羅內克費力地從他的墊子上站起來，走到門口，看著陌生人說：「Please（請進）！」——一如他在美國學到的那樣。陌生人進來，他穿著一件深色大衣，領子豎起來，帽子沒有脫下，顯然是觀察到他所闖進的節慶場合中，在場坐著的所有的人，頭上都有帽子覆蓋著。

這是一個文雅的人，斯科羅內克心想。他不發一言，幫助陌生人解開大衣。這個人鞠躬說：「我叫做亞歷山大・寇薩格，請大家原諒，真的很抱歉來打擾。有人跟我說，您這裡有一位從祖賀瑙來的曼德爾・辛格。我可以跟他說說話嗎？」「我是。」曼德爾靠近這位客人，抬起頭說。他的前額才到陌生人的肩膀高度。「寇薩格先生，」曼德爾繼續說，「您這個人我已經聽說了，您是我的一個親戚吧。」

「請脫下大衣帽子，和我們一起坐吧。」斯科羅內克說。

斯科羅內克夫人起身，大家互相靠攏，給陌生人挪出一個位子。斯科羅內克的女婿搬來一張椅子。陌生人掛好大衣後，在曼德爾對面就座。一杯酒被擺到客人面前。「請別停下來，」寇薩格請求道，「請大家繼續祈禱。」他們於是將儀式繼續下去。高瘦的客人安靜地坐在位子上，曼德爾無法停止一直在觀察他，亞歷山大・寇薩格也不知疲倦地看著曼德爾・辛格，就這樣他們面對面坐著，被其他人的歌聲包圍，但和他們又是分開的。

兩個人因為其他人的緣故不能交談，這對他們來說是舒適的。曼德爾想跟陌生人對視，如果他再如此注視，老人就覺得他必須把客人的眼睛打開了。在這張臉上其它他一切對曼德爾．辛格而言，都是陌生的，只有無框鏡片後面那雙眼睛他覺得親近。他的目光一次又一次地望向那雙眼睛，彷彿從狹長、蒼白而年輕的臉龐上的陌生風景，回到隱藏在窗後的燈光，回到熟悉的家。他的嘴唇光滑狹窄，閉得緊緊的。如果我是他的父親的話，曼德爾想，我會說：笑一下吧，亞歷山大。他無聲地從袋子裡把節目冊拿出來，在桌子下翻開，以防打擾到其他人，並把冊子遞過去給陌生人。陌生人接過，微笑，嘴只咧開一線，溫柔地，而且只有一秒之久。

吟唱停止，開始用餐。斯科羅內克夫人將一盤熱湯推到客人面前，斯科羅內克先生請他一起吃飯。賣樂譜的用英語跟寇薩格開始說些曼德爾聽不懂的話，接著他跟大家解釋，寇薩格是一個天才，他停留在紐約只剩一週的時間，斗膽邀請在座的人去聽寇薩格的音樂會。其他的對話無法進行，節慶即將結束，大家匆忙又莊嚴地吃著，每兩口都伴隨陌生客人和主人之間交換的禮貌言語。曼德爾一言不發，為了不讓斯科羅內克夫人說閒話，他比其他人吃得更快，免得造成任何延遲。然後所有人都很高興用餐完畢，他們接著勤奮熱情地詠唱奇蹟。斯科羅內克的節奏越來越快，女人都跟不上。但是當他唱到詩篇時，他改變了聲音、節奏和旋律，所唱出的詞語是如此迷人，以至於曼德爾在每一節的最後，都跟著複誦「哈利路亞、哈利路亞」。他搖頭晃腦，濃密的鬍鬚拂過打開的書頁，發出輕微的沙沙聲，好像曼德爾的鬍鬚想加入祈禱一般，因為曼德爾的嘴巴如此的緊閉著。

他們的聚會現在快要結束了，蠟燭已經燒了一半，桌面不再平整莊嚴，白色桌布上可見到污漬和剩下的菜餚，而且斯科羅內克的孫子已經在打呵欠。最後，大家把《聖經》拿在手上，斯科羅內克提高聲音說出傳統的願望：「明年耶路撒冷見！」所有的人重複這個句子，然後合上《聖經》，轉身朝向客人。現在輪到曼德爾向訪客提出問題，這個老人清清嗓子，微笑說：「亞歷山大先生，請問您要跟我說什麼事情呢？」

陌生人壓低聲音開始說：「如果我知道您的地址的話，曼德爾．辛格先生，您早就會從我這裡得到消息了。但是戰爭結束之後，您的地址就再沒有人知道了。比爾斯家的女婿，當樂師的那位，患上斑疹傷寒過世了，您在祖賀瑙的房子沒有人住了，因為比爾斯家的女兒逃回當時在杜布諾的父母家，而在祖賀瑙，在您家裡，有奧地利士兵駐紮。戰爭結束之後，我寫信給我在這裡的經紀人，但是這個人太沒有能力，他回信給我說沒有辦法找到您。」

「比爾斯的女婿可憐哪！」曼德爾說，說的時候想的是梅努因。

「然後，現在，」寇薩格繼續說，「我有一個好消息。」曼德爾抬起頭。「我買下了您的房子，從比爾斯那裡，有請證人來，出價根據的是官方評估。我想把錢付清給您。」

「總共多少錢？」曼德爾問。

「三百美金。」寇薩格回答。

曼德爾撫著鬍鬚，張開顫抖的手指梳理。「謝謝！」他說。

「至於您的兒子約拿斯，」寇薩格繼續說，「他自從一九一五年就失蹤了，沒有人確切知道他的消息。聖彼得堡、柏林或者維也納，甚至瑞士的紅十字組織，我到處都問了，也請人去問。但是兩個月前我遇到一個從莫斯科來的年輕人，他是難民，正要越過波蘭邊界，因為您一定知道，祖賀瑙現在屬於波蘭。而這個年輕人曾是約拿斯的軍團司令，他跟我說，他恰好聽到消息，說約拿斯還活著，而且在白衛軍（Weiße Garde）中戰鬥。這樣的話，很難再聽到任何有關他的信息，但是您還是不能放棄希望。」

曼德爾剛剛想開口詢問梅努因的消息，但是他的朋友斯科羅內克預料到曼德爾會問，他覺得答案一定是悲傷的，為了避免，或者在可能的情況下，盡力避免在這個晚上有令人憂鬱的對話，便搶在老人之前說：「寇薩格先生，我們很榮幸能夠看到像您這樣偉大的人物，也許您讓我們高興一下，聽您講講您的生活。您是如何在戰亂、革命和所有危險中倖存下來的？」

陌生人顯然沒有預期會有這個問題，因為他沒有馬上回答。他閉起眼睛，猶如一個問心有愧，或者必須思考的人，一段時間之後才開始回答：「我沒有什麼特殊的經歷。當我還是一個孩子的時候，我病了很長的時間。我的父親是一個貧窮的老師，像曼德爾．辛格先生一樣，而我和他的妻子是親戚。（現在不是詳細解釋親戚關係的時候）簡短地說就是，因為我的病，加上我們很窮，我去了一個大城市，一個公立的醫療機構。大家都對我很好，有一個醫生特別喜歡我。我病好了以後，他把我收留在家裡。在那裡，」寇薩格說到這裡，聲音變得低沉，垂下了頭，好像說話的對象是桌子，為了聽得更清楚，所有人都屏住呼吸。「在那裡，有一天我坐到一台鋼琴前，從我腦中彈奏出我自己的歌曲，醫生的妻子就把曲子的譜寫下。戰爭爆發其實是我的幸運，因為我學過軍樂，成為樂隊的指揮，一直待在彼得堡，並且為沙皇演奏過幾次。我的樂隊和我在革命後一起去了國外。一些人留在當地，一些新的人加入。在倫敦我們與一家音樂會經紀公司簽了約，我的樂團就這樣誕生了。」

雖然客人的敘述已經停止良久，所有的人仍在側耳傾聽。他的話音仍在屋子裡飄蕩，但是直到現在，大家才開始感覺被打動。寇薩格的猶太人的口語說得很差，他的敘述裡混雜了一半俄語句子，這些句子如果是單句，斯科羅內克和曼德爾也聽不懂，他們必須從整個上下文的脈絡來判斷。斯科羅內克的女婿們從小在美國長大，只聽得懂一半，其餘就讓他們的妻子將陌生人所講述的事翻譯成英文。賣樂譜的為了熟記寇薩格的傳記，一直在重複他的話。燭台上的蠟燭燒得只剩像樹樁般，剩短短一截，室內漸漸昏暗，孫子歪著頭在沙發上睡著了，但是沒有人做出任何要離開的準備，是的，斯科羅內克夫人甚至拿出兩個整支的蠟燭，接到燒短的蠟燭上，重新打開了夜幕。她舊有對曼德爾．辛格的尊敬甦醒。這位客人，這個偉大的人，曾在沙皇面前演奏，小指上戴著奇怪的戒指，領帶上有一顆珍珠，身上穿著歐洲極好布料做的西裝——對這些東西她很在行，因為她的父親曾是布商——這位客人絕不能跟曼德爾回到店裡後面那個房間。是的，她說出讓丈夫感到意外的話：「辛格先生，您今天能到我們這裡來，真是太好了。不然通常……」她轉向寇薩格，「他又謙遜又替人著想，所以我所有的邀請都被他拒絕。雖然如此，他算是我們家最大的孩子。」斯科羅內克打斷她的話：「給我們煮個茶來！」在她起身之際，他對寇薩格說：「我們認識您的作品已經很久了，『梅努因之歌』

是您寫的吧？」「是的，」寇薩格說，「是我寫的。」他對這個問題似乎感覺不自在，便趕快看向曼德爾．辛格，問：「您的夫人過世了？」曼德爾點頭。「根據我所知，您還有一個女兒？」曼德爾沒有回答，反而是斯科羅內克替他說：「因為母親和哥哥的死，對她精神上打擊太大，她現在住在精神病院裡療養。」陌生人頭又垂下，曼德爾站起來，走了出去。他想知道梅努因怎麼樣了，但是他沒有勇氣問。他已經知道答案會是什麼：梅努因早就死了。他死得很慘。他把這句話鑄刻在腦中，事前先品嘗其中的苦澀，當這句話真正被說出來的時候，他才能保持冷靜。因為他內心深處還有一絲膽怯的希望，他正在努力想扼殺它。若是梅努因還活著，陌生人早在一開始就會告訴我。不！梅努因早就死了。現在我要問他，讓這個愚蠢的希望結束！但是，他還是沒問。他坐下來休息一下，但是斯科羅內克夫人在廚房裡煮茶忙碌的聲音，讓他離開客廳去幫助主婦，像他習慣的那樣。

但是今天她把他請回客廳，他可是一個擁有三百美金和一個體面親戚的人。「這不是您該做的事，辛格先生！」她說，「別丟下您的客人！」她反正也已經煮好了，端著滿滿放著茶杯的托盤踏入客廳，身後跟著曼德爾。茶冒著熱氣，曼德爾終於下定決心，詢問梅努因的消息。斯科羅內克也覺得，這個問題無法再拖延，他還是自己先提出來吧。曼德爾，他的朋友，除了答案會給他帶來的痛苦之外，他不應該再背負想提問題的折磨。「我的朋友曼德爾還有一個可憐的、生病的兒子，叫做梅努因。他發生了什麼事情？」

陌生人又不言語了，他用勺子戳著玻璃杯的杯底，把糖磨碎，他看著淡棕色的玻璃杯，以及仍在拇指和食指之間的勺子，好像想從茶中讀出答案。他棕色窄長的手輕輕動了動，終於開口，而且出人意表的大聲，像是突然下定決心：

「梅努因還活著！」

這句話聽起來不像回答，這句話是一個歡呼。這句話一被說出口，曼德爾．辛格就從胸口迸發出一聲大笑，所有的人都嚇得直瞪著老人。曼德爾背靠著沙發，邊搖晃邊笑。他的背是如此的駝，以致無法完全靠到沙發背上。沙發背與曼德爾的脖子（白髮捲曲在破舊的外衣領子上）之間，距離遙遠。曼德爾長長的鬍鬚擺動得很厲害，幾乎像一面白色的旗幟在飄搖，彷彿也在笑著。從曼德爾的胸腔輪流發出雷鳴大笑和噗哧的笑，大家都驚呆了。斯科羅內克有點沉重地從蓬鬆的靠枕上站起來，白色長衫讓他行動受阻，好不容易繞著桌子走到曼德爾身邊，他彎下身去握住曼德爾的雙手。在這一瞬間，曼德爾的笑聲轉為哭聲，他哽咽著，眼淚順著老去的、深陷的眼眶流出，一半往狂莽的鬍鬚流去，迷失在混亂的茂林中，另一半則像玻璃珠一樣，久久、圓潤地掛在鬚髮上。

終於，曼德爾平靜下來。他看著寇薩格，重複他的話：「梅努因還活著？」

陌生人靜靜地看著曼德爾，說：「梅努因活著，他很健康，甚至過得很好！」

曼德爾合起雙手，舉起手，能舉多高就舉多高，舉向天花板。他想要站起來，他有一個感覺，就是他現在必須站起來，要直直的、往上長的、要變強大而且變得更高大，要頂破房子，要用雙手去撫摸天空。他交合的手再也打不開，他望向斯科羅內克，而他的老朋友明白，他現在要替曼德爾提出什麼問題。

「梅努因現在在哪裡？」斯科羅內克問。

亞歷山大．寇薩格緩慢地回答：

「我就是梅努因。」

所有坐著的人突然都站起來，已經熟睡的孩子醒過來，開始大哭。曼德爾自己站起來時站得太猛，以致他身後的椅子大聲地翻倒在地上。他走著、匆忙的、著急的，用跳的跳到寇薩格那裡，到唯一的、仍然坐在自己位置上的那個人那裡。房間裡一片混亂，燭火開始一閃一閃，好像突然被風吹一樣。牆上映著站起來的人們的影子，曼德爾在梅努因面前的椅子上重重坐下，他不安的嘴和抖動的鬍鬚在尋找兒子的手，他的唇碰到什麼，就親吻什麼，不論是膝蓋、大腿還是梅努因的西裝背心。曼德爾重新站起來，舉高雙手，好像突然間眼盲了一般，開始用激動的手指去碰觸他的兒子的臉。遲鈍蒼老的手指撫摸過梅努因的頭髮，光滑寬闊的前額，眼鏡冰冷的玻璃片，窄而緊閉的嘴唇。梅努因靜靜地坐著，一動也不動。所有在場的人圍繞著梅努因和曼德爾，孩子們在哭，蠟燭在閃。牆上的陰影凝聚起厚重的雲層。沒有人說話。

終於，梅努因的聲音響起：「站起來吧，爸爸！」他說完，攙扶著曼德爾的手臂，讓他站起來，把他像一個孩子一樣，摟進懷裡。其他人後退一步，現在曼德爾在他兒子的懷中向周圍的每個人微笑。他輕輕地說：「痛苦會讓他有智慧，醜陋會令他善良，苦澀會令他溫和，而病痛會讓他堅強。」黛博拉這麼說過，在耳邊他仍然聽見她的聲音。

斯科羅內克離開桌子，脫下他的長衫，穿上大衣，說：「我馬上回來！」斯科羅內克要去哪裡呢？天還不晚，還沒有十一點，朋友們仍然圍坐在桌邊。他一家一家地拜訪，去找格羅舍爾、孟克斯和羅騰貝格，大家仍然圍坐著。「奇蹟發生了！趕快到我家來！趕快來看！」他把所有三個朋友都帶到曼德爾這裡。在路上他們遇到萊梅爾陪著客人的女兒，他們告訴她曼德爾和梅努因的事。和太太在散步的福里斯先生同樣也聽到了這個消息。於是，有幾個人就知道了發生的事情。斯科羅內克的家門下面，房子前面，梅努因乘坐的汽車停在那裡，就是證明。一些人打開窗戶，就看到了車子。孟克斯、格羅舍爾、斯科羅內克和羅騰貝格進屋，曼德爾迎上前，無聲地和他們握手。

孟克斯，所有人中最有思想的，開口發言。「曼德爾，」他說，「我們到這裡來，是來見證你的幸福，一如我們見證了你的不幸一般。你記得你曾經受到什麼樣的打擊嗎？我們雖然在安慰你，但是我們知道，我們的安慰是徒勞的。現在你親身經歷奇蹟，我們當時有多為你難過，我們現在就有多為你高興。永恆創造的奇蹟是偉大的，不管是今天還是幾千年前。讚美上帝的名！」所有的人站著，斯科羅內克的女兒們、孩子們、女婿們和賣樂譜的，都已經穿好外套，他們互相道別。曼德爾的朋友們不坐下，因為他們只是來簡短地祝賀一下。個子比他們所有的人矮小、駝著背、長衫褪成綠色的曼德爾站在他們中間，像一個不起眼、改裝的國王。他必須把腰伸直，才能看見他們的臉。「謝謝你們，」他說。「沒有你們的幫助，我就不會經歷這個時刻。你們看，我的兒子！」他用手指著他，好像朋友中會有人不仔細地看梅努因似的。他們用眼睛去觸探西裝的質料、絲綢領帶、珍珠、纖細的手和戒指。然後他們說：「真是一個高貴的年輕人！可以看到，他真的很特別！」

「我沒有房子，」曼德爾跟他的兒子說。「你到你的父親這裡來，而我卻不知道，要讓你睡哪裡。」

「我想帶你走，爸爸，」兒子回答，「我只是不知道，你可以坐車嗎？因為今天是節日。」

「他可以坐車。」所有人異口同聲說。

「我相信，我可以和你一起坐車離開。」曼德爾說道。「我曾經犯下大罪，主視而不見。我罵祂是惡警察，祂聽而不聞。祂是這麼的寬宏大量，我們的劣根性都不足為道。我可以和你一起乘車。」

所有的人都陪著曼德爾來到汽車旁邊。三三兩兩的窗戶邊站著鄰居們，他們都往下看。曼德爾拿出鑰匙，再一次把商店的門打開，走進後面的房間，把紅色絲絨祈禱袋從釘子上拿下來。他在袋子上吹一口氣，把灰塵吹掉。然後把捲門拉下，鎖上，把鑰匙給斯科羅內克。懷中抱著袋子，他上了車。車子引擎噠噠噠發動，車燈亮起。三兩不一的窗戶裡傳出聲音：「再見，曼德爾！」曼德爾．辛格抓住孟克斯的袖子，說：「明天祈禱的時候，你要讓人知道我捐贈三百美金給窮人。再會了！」

然後他坐在兒子身邊，車子開上百老匯44街，去到阿斯特（Astor）飯店。

16

身軀佝僂、衣服褪成綠色，懷裡揣著紅色絲絨袋子，曼德爾．辛格走進大廳，注視著電燈、金髮門童、樓梯前有個不知名的神的白色半身像，以及想幫他拿懷中袋子的黑人。他進電梯，在鏡子裡看見在兒子身邊的自己，他閉上眼睛，因為覺得自己會暈眩。他已經死了，正在升往天堂，沒完沒了地一直往上。兒子握住他的手，電梯停了，曼德爾踏上無聲的地毯，穿過長長的走廊。直到在房間前面站定，他才把眼睛張開。一如他的老習慣，他馬上走到窗邊。他第一次這麼近的看到美國的夜晚，回映著紅色的天空，燃燒著、噴灑著、滴落的、發光的、紅的、藍的、綠的、銀的、金色的字母、圖案和符號。他聽著美國的噪音之歌，喇叭聲、嘟嘟聲、轟轟聲、門鈴聲、尖叫聲、嘎嘎聲、口哨聲和哭嚎聲。曼德爾倚著的窗戶對面，每五秒就出現一張火花點點噴灑組成的女孩大大的笑臉，大嘴裡耀眼的牙齒像是一塊熔化的銀。這張臉的對面飄浮著一個紅寶石色、滿溢泡泡的高腳杯，它會自動傾倒，把杯裡的東西倒進張開的嘴裡，然後移開，再次出現，重新裝滿紅寶石色的液體，以及杯緣滿溢的白色泡泡。這是一款新檸檬汽水的廣告。曼德爾讚賞地把它看成是夜間幸福和黃金健康的最高表現。他微笑，看著畫面幾次出現又消失，然後轉向房間。白色的床褥已經為他打開，梅努因坐在一張安樂椅上搖著。「我今天晚上不要睡覺。」曼德爾說。「你躺上去睡吧，我要坐在你身邊。在祖賀瑙，你睡在角落裡，靠近爐邊。」「那一天我記得很清楚。」梅努因開始說，他摘下眼鏡，曼德爾看見兒子沒有掩飾的眼睛，它們看起來很悲傷、疲憊。「我記得那天上午，太陽非常明亮，房間裡空無一人。你走近，把我抱起來。我坐在桌子上，然後你用湯匙敲響玻璃杯。多麼美妙的聲音啊，我現在可以把它作成曲子演奏。接著你開始唱歌，然後鐘聲響起，那麼古老的聲音，好像很大、很重的湯匙在敲極為巨大的玻璃杯。」「說下去，繼續說。」曼德爾說。他也清楚地記得那一天，黛博拉出門去準備去卡普圖拉克的那一天。「那是以前的日子裡唯一的一天！」兒子說。「然後是比爾斯的女婿彈奏小提琴的時光，我相信他每天都在拉。就算他停下不拉了，但是我仍然聽得見他彈奏，整天、整夜。」「說下去，說下去！」曼德爾語調裡的催促，就像他一直鼓勵學生學習的語氣一樣。「接著很長的時間什麼都沒有！然後有一天，我看到很大的、紅的、藍的火焰，我趴到地上，爬去門邊。突然有人把我拉起來，驅趕著我，我開始跑。我跑到外面，很多人站在巷子的對面，起火了！我大叫起來！」「繼續說，繼續！」曼德爾催促著。「然後我就什麼都不知道了。後來人家告訴我，我不醒人事，病了很長一段時間。之後我能記起的，是聖彼得堡那一段時間，白色的大房間，白色的床，很多小孩躺在床上，風琴或者管風琴在響，而我大聲跟著唱。然後醫生用車載我回家，一個高大金髮，穿淺藍色長衫的女士在彈鋼琴。她站起來，我走過去琴鍵那邊，我一碰就有聲音。突然我就彈出我聽過的管風琴曲子和所有我會唱的歌。」「多說一點，繼續！」曼德爾催促。「除了這幾天之外，我不知道其他什麼跟我有關係的事了。我記得媽媽，在她身邊很溫暖、很柔軟，我感覺她有低沉的聲音，臉又大又圓，像整個世界。」「繼續，繼續！」曼德爾說。「蜜嘉、約拿斯和哲麥耶我不記得，很晚之後我才聽說了他們，是比爾斯的女兒告訴我的。」

曼德爾嘆一口氣。「蜜嘉，」他重複說一次，她那時站在他面前，圍著黃色圍巾，棕黑的頭髮，輕巧敏捷，像一隻小鹿。她那雙眼睛繼承了他的。「我不是一個好父親，」曼德爾說，「我沒有好好對待你和她，現在她沒救了，沒有任何藥物可以幫助她。」「我們去找她，」梅努因說，「爸爸，我自己不是被醫好了嗎？」

是啊，梅努因說得沒錯。人是無法滿足的，曼德爾對自己說。他剛剛才經歷過一個奇蹟，就已經要求看第二個。等一下，等一下，曼德爾．辛格！看，梅努因的成就，昔日的殘障，今天卻這麼成功。他的手如此纖細，眼睛這麼聰慧，他的臉頰又是這麼柔軟光滑。

「去睡吧，爸爸！」兒子說。他坐到地板上，幫曼德爾·辛格脫下舊靴子。他望著已經扯破、邊緣呈鋸齒狀的鞋底，修補過的黃色皮鞋面，粗糙的鞋筒，有孔的襪子，磨損的褲子。他幫老人寬衣，讓他躺上床。然後他離開房間，從他的行李箱裡拿出一本書，回到父親身邊，坐在床邊的搖椅上，點亮了綠色的小燈，開始閱讀。曼德爾假裝睡著，他透過眼瞼之間的小縫眨眼。他的兒子放下書，說：「你在想蜜嘉嗎？爸爸！我們會去看她的。我會打電話給醫生，她會被治好，她還那麼年輕！安心睡吧！」曼德爾閉上眼睛，但是他睡不著。他想著蜜嘉，聽著這個世界不尋常的聲音，從閉著的眼瞼感覺明亮天空裡夜的火焰。他無法睡覺，但是他覺得安適、可以休息。他頭腦清醒地在床上躺著，期待著早晨來臨。

兒子幫他準備好澡間，並為他穿搭好衣服，帶他坐進汽車。他們開了很久，經過喧鬧的大道，他們離開了城市，開上一條又長又寬的小路，小路旁長有發芽的樹木。引擎發出宏亮的聲音，曼德爾的鬍子在風中飄揚。他沉默著。「你想知道我們要去哪裡嗎？爸爸！」兒子問。「不想，」曼德爾回答，「我什麼都不想知道！無論你去哪裡，都很好。」

然後他們來到了一個柔軟的沙子是黃色的、廣闊的海是藍色的，以及所有的房子都是白色的世界。在其中一棟房子前面的露台上，一張白色小桌子的旁邊，坐著曼德爾·辛格。他啜飲一口金棕色的茶，今年第一道溫暖的陽光照在他的背上。幾隻黑鳥跳得很靠近他，同時，牠們的姐妹在露台前鳴喚。海浪柔和而規律地拍打著沙灘。淡藍色的空中飄著幾朵白雲。在這片天空下，曼德爾相信，約拿斯總有一天會被找到，蜜嘉會回家，「比世界上所有的女人都還要美。」他靜靜地說了一句引言。他，曼德爾·辛格，多年後將會死去，被許多孫子孫女圍繞，「有精彩的一生」，就像〈約伯記〉所記載的一樣。他感覺到一種奇怪的、同時也是被禁止的衝動，他想把他的舊羅紋絲帽脫掉，讓陽光照在他的頭上。這是曼德爾·辛格有生以來第一次自願把頭裸露出來，像他去見官或者洗澡時做的那樣。他光頭上稀疏捲曲的頭髮像奇異的嬌嫩植物，在春風中飄動。

曼德爾·辛格就這樣向世界致意。

一隻海鷗猶如天上一枚銀色的子彈撞到露台的帳篷下。曼德爾看著牠猛然飛來，以及牠在藍色天空中留下的朦朧的白色踪跡。

這時兒子說：「下週我要去舊金山，回程還會在芝加哥演奏十天。我想，爸爸，我們四個禮拜之後可以回歐洲了！」

「蜜嘉呢？」

「我今天還會去看她，跟醫生談一談。一切都會好起來的，爸爸。也許我們可以帶她一起走，她在歐洲也許就好起來了！」

他們回到旅館。曼德爾走進兒子的房間，他很累了。

「躺到沙發上睡一會兒吧，」兒子說，「我兩個小時以後就回來了！」

曼德爾服從地躺下，他知道兒子要去哪裡。他要去姊姊那裡。他是這麼傑出的一個人，恩典覆罩在他身上，他會讓蜜嘉康復的。

曼德爾在小玻璃桌上看到一張相框是鐵銹色的大照片。「把照片給我！」他請求著。

他望著照片良久。他看到身穿淺色洋裝的年輕金髮女人，像白晝一樣明亮，她坐在花園裡，輕風拂過，吹動了花圃邊的灌木叢。兩個小孩，一個小女孩和一個小男孩，站在驢拉的小車旁邊，這種車在一些花園裡被當作遊戲用的玩具車。

「願上帝賜福她！」曼德爾說。

兒子走了，父親留在沙發上，照片則輕輕地放在旁邊。他疲倦的眼睛掠過房間看向窗戶，從他深陷在裡面的沙發，他可以看見天空呈鋸齒狀、無雲的部分。他重新拿起照片，看見的是他的兒媳婦——梅努因的妻子，還有孫子——梅努因的孩子。他再把小女孩看仔細一點，他相信，他看到黛博拉小時候的照片。黛博拉死了，用陌生的、彼岸的眼睛，也許她也經歷了這個奇蹟。曼德爾感激地回憶起他曾經親吻過的、她年輕溫暖、紅紅的臉頰，回憶起她在相愛夜晚的黑暗中閃耀的、半睜著的眼睛，狹長誘人的眼光。死去的黛博拉！他站起來，推一張椅子到沙發旁邊，把照片放在椅子上，重新躺下。當他的雙眼緩緩合上時，他的眼睛將天空所有的藍色寧靜以及新的孩子們的臉龐，都攬進睡夢裡。在孩子們旁邊，約拿斯和蜜嘉從照片的棕色背景中浮現，而他自己則在幸福的沉重和奇蹟的偉大中安息。

國家圖書館出版品預行編目(CIP)資料

約伯與飲者傳說 / 約瑟夫.羅特(Joseph Roth)著；宋淑明譯. -- 初版. -- 新北市：遠足文化事業股份有限公司菓子文化出版：遠足文化事業股份有限公司發行, 2021.09
面；　公分. -- (Suchen)
譯自："Hiob" und "Die Legende vom heiligen Trinker"
ISBN 978-986-06715-1-3(平裝)

882.257　　110011780

菓子
Götz Books

・Suchen

約伯與飲者傳說

"Hiob"und "Die Legende vom heiligen Trinker"

作　　者　約瑟夫・羅特（Joseph Roth）
譯　　者　宋淑明
內頁繪圖　林勝正

主　　編　邱靖絨
校　　對　楊蕙苓
排　　版　菩薩蠻電腦科技有限公司
封面設計　莊謹銘
總　　編　邱靖絨
社　　長　郭重興
發行人兼出版總監　曾大福
出　　版　遠足文化事業股份有限公司　菓子文化
發　　行　遠足文化事業股份有限公司
地　　址　231 新北市新店區民權路 108 之 2 號 9 樓
電　　話　02-22181417
傳　　真　02-22181009
Email　service@bookrep.com.tw
郵撥帳號　19504465 遠足文化事業股份有限公司
客服專線　0800221029

印　　刷　沈氏藝術印刷股份有限公司
定　　價　390 元
初　　版　2021 年 9 月
法律顧問　華陽國際專利商標事務所　蘇文生律師